너보다 예쁜 꽃은 없단다

-조선시대 딸바보들의 이야기-

너보다 예쁜 꽃은 없단다

−조선시대 딸바보들의 이야기−

초판 1쇄 인쇄   2018년 5월 14일
초판 1쇄 발행   2018년 5월 18일

지은이 | 박동욱
펴낸이 | 지현구
펴낸곳 | 태학사
등   록 | 제406−2006−00008호
주   소 | 경기도 파주시 광인사길 223
전   화 | (031)955−7580~1(마케팅부) · 955−7587(편집부)
전   송 | (031)955−0910
전자우편 | thaehak4@chol.com
홈페이지 | www.thaehaksa.com

이 책에 직간접적으로 그림 및 사진 게재를 허락해주신 모든 분께 감사드립니다.
저작권자와 연락이 닿지 않아 부득이 허가를 구하지 못한 그림에 대해서는
연락 주시는 대로 적법한 절차를 따르겠습니다.

값은 뒤표지에 있습니다.

ISBN 978−89−5966−986−8 03810

너보다
예쁜
꽃은
없단다

조선시대
딸바보들의 이야기

박동욱 지음

태학사

내가 어릴 때만 해도 딸을 선호하지 않았다. 지금은 믿을 수 없는 옛날이야기 같지만 딸을 낳으면 미역국도 먹지 못했다는 말도 심심치 않게 들렸다. 그 사이 세상은 급격하게 변했다. 오히려 아들을 낳는 친구들이 위로를 받을 지경이다. 흔히 사극에서 보였던 딸아이에 대한 부모의 무관심과 편견이 사실인지 몹시 궁금했다. 그래서 문집에 실린 딸에 대한 기록들을 하나둘 모으기 시작했다.

딸을 낳을 때의 기쁨, 딸을 기를 때의 행복, 딸의 출가(出嫁)와 출산을 맞을 때의 대견함, 근친(覲親)을 맞을 때의 설렘과 아쉬움. 그리고 만나지 못하는 딸에 대한 그리움과 헤어질 때의 아쉬움, 딸을 잃고 나서의 슬픔과 절망 등 딸과 관련된 시들이 다채롭게 남아 있었다. 예나 지금이나 딸은 사랑스럽고 애틋한 존재였다.

'가족'에 한동안 집중해왔다. 그동안 『아버지의 편지』『가족-세상에 다시없는 내 편』『그렇게 아버지가 된다』를 출간했다. 이 책은 이러한 작업의 연장선에 있다. 지금 준비 중인 부부에 대한 내용을 끝으로 이 일련의 작업들은 일단락된다. 매일 새벽 6시에 출근해 아침 공부를 했다. 일과를 시작하기 전에 한시 한 편을 골라 번역하고 평설을 달았다. 1~2년 지나니 이렇게 한 권의 책으로 묶였다.

나는 더 이상 오지 않을지도 모를 희망과 기대에, 오늘을 저당 잡혀 살고 싶지 않다. 이제 무엇이 되지 않아 슬플 것도 무엇이 되어서 기쁠 것도 없다. 이제 하루하루를 내 삶에 순명(順命)하며 살겠다. 그새 아들 유안이는 초등학생이 되었다. 이제 아빠의 감정을 살필 만큼 부쩍 자랐다. 내가 지쳐 얼굴이 굳어 있으면 다가와 내 얼굴에 웃는 표정을 만들어준다. 이 평범하고 사소한 행복과 일상이 결국 살아갈 희망이 된다. 가족이란 그런 존재다. 이 책으로 잠시나마 독자들이 가족을 돌아보며 삶의 위로를 받았으면 한다.

2018.03.29.
저자가 쓰다.

· 목 차 ·

I.

현재를 살아가는 사람들에게 옛날 사람들의 삶은 늘 재미있는 흥밋거리지만, 그 호기심은 대부분 사극이나 소설로 채울 수밖에 없다. 문집이나 실록 등에 기록이 남아 있다면 그나마 다행이지만, 그렇지 않은 경우에는 온전히 작가의 창작에 불과하다. 이방이나 내시는 늘 방정맞은 말투에 호들갑스런 몸동작을 하고, 무장은 긴 수염에 호걸스런 목소리를 쩌렁쩌렁 울리며, 글줄이나 읽은 양반들은 젠체하는 말투로 점잔을 뺀다. 이처럼 어떤 인물에 대한 전형적인 면모가 우리 기억 속에 사실처럼 강하게 자리 잡고 있다.

비단 인물뿐만 아니라 가족 간의 문제도 여기서 크게 자유롭지 못하다. 남편은 칠거지악(七去之惡) 운운하며 아내를 잡도리하면서 전권을 휘두르고, 고부(姑婦) 간의 관계는 고개 숙인 며느리와 매섭게 다그치는 시어머니의 모습으로 그려진다. 남아선호사상은 딸이란 아들을 낳은 후에는 잉여(剩餘)의 존재로, 아들을 낳기 전에는 결핍(缺乏)된 대상으로 만들었다. 이 때문에 부녀 관계는 아들을 대체할 수 없는 딸에게 최소한의 책임감을 지닌 아버지로 대표되고 있다. 이 모든 것이 동화(童話)에 나오는 일그러진 새엄마의 형상처럼 왜곡된 이미지라면, 실상에 가깝도록 재구하는 노력이 필요하다.

최근에는 부녀 관계에 관한 짧은 글을 발표한 바 있다.[1] 여기에 보다 많은 자료를 보충하고 논의를 진전시켜 이번에 한시에 나타난 아버지와 딸의 기록을 한 권의 책으로 묶게 되었다. 그 옛날에도 딸은 아빠의 로망이었을까?

Ⅱ.

뱀의 꿈을 꾸면 딸을 얻을 상서이고, 딸을 낳으면 실패를 가지고 놀게 했다.[2] 아이가 태어나면 대문에 금줄을 걸어 타인의 출입을 제한하는데 여아인 경우에는 솔잎, 종이 따위를 달아둔다. 그 옛날 아버지는 딸의 탄생과 육아에서 무엇을 느꼈고, 또 어떠한 소회를 드러내고 있을까? 분량 면에서는 어린 딸의 재롱을 포착해낸 시들이 가장 많은 편이다.

얻거나 잃거나 순리대로 받을 터니	得失唯當順受之
아들이라 기뻐하며 딸이라 슬퍼하랴.	生男何喜女何悲
저 하늘이 아득한 것 아닐 것이니,	彼蒼不是茫茫者
끝까지 백도처럼 아들 없진 않으리라.	未必終無伯道兒

• 송몽인(宋夢寅), 「딸을 낳다(生女)」

---

1 「고사리 손으로 먹 장난치던 네가 그립구나 -아버지와 딸-」, 『문헌과 해석』 53집(겨울호), 2010. 12. 30.
2 『詩經』 「小雅」, '斯干'에 "태인(太人)이 꿈을 점치니 곰과 큰 곰 꿈은 남자를 낳을 상서요. 큰 뱀과 뱀의 꿈은 여자를 낳을 상서로다.〔大人占之, 維熊維羆, 男子之祥, 維虺維蛇, 女子之祥〕"라고 했다. 또, 『詩經』, 「小雅」, '斯干'에 "아들을 낳으면 구슬을 가지고 놀게 하고〔乃生男子, 載弄之璋〕, 딸을 낳으면 실패를 가지고 놀게 한다.〔乃生女子, 載弄之瓦〕"는 말이 나온다.

너보다 예쁜 꽃은 없단다

남녀를 떠나서 득남(得男)·득녀(得女)의 기쁨을 다룬 시들은 많지 않다. 아마도 자신의 감정을 표현하는데 인색했던 시대적 분위기도 한 몫을 했을 터이다. 그나마 득녀(得女)의 감정을 다룬 작품은 손으로 꼽을 수 있을 정도인데다가 그 감회란 것도 대부분 섭섭함으로 표현된다. 다음 기회에는 아들을 낳으리라는 굳은 다짐을 하거나,[3] 아들을 낳음으로써 손해가 되는 일을 떠올려 위로를 삼는 시들이다.[4] 위의 시는 전자의 경우에 해당한다.

1, 2구에서 남녀를 따질 것 없이 순리대로 받아들이니, 남자 아이를 얻는다고 기쁠 것도 없고, 여자 아이를 얻는다고 슬플 것도 없다고 하였다. 그러나 그가 실제로 하고픈 말은 3, 4구에 담겨 있다. 백도(伯道)는 진(晉)나라 등유(鄧攸)의 자(字)이고, 백도무아(伯道無兒)라는 고사의 주인공이다. 지금은 딸을 낳아 조금은 아쉽지만 어차피 아들을 낳을 것이니 그리 슬플 것이 없다고 스스로 위로하고 있다. 결국 꼭 아들을 낳고 싶다는 말이다. 불행하게도 송몽인은 서른한 살에 죽었고, 끝내 아들을 볼 수는 없었다.

내 나이가 쉰 세 살 되었을 때에	我年五十三
여자아이 하나를 낳게 되었네.	産得女子子
늘그막에 재롱 보면 그로 족하니,	老來弄亦足
딸이든 아들이든 가릴 건 없지.	瓦璋無彼此

3 趙觀彬,「余年四十六, 始得嫡出兒, 乃女也. 書此自慰, 且記昔夢」: 三妻今始一兒生, 縱女猶牽老父情. 繼此兩男應抱得, 梨湖吉夢信分明.

4 曹兢燮,「八月十八日, 第三女生. 題寄壽峰」: 人言生女未爲失, 送與人家男作室. 人家亦有女送人, 而我生男豈無日. 斯言似諸眞有理, 誦之不寗如口出. 況今征役日椎膚, 何必女凶男是吉. 手持羹飯勸瘦妻, 瘦妻聞之爲一咥. ……

비녀 꽂고 시집 감을 볼 수 있을까   婚笄可能見

아득한 일 꿈속처럼 느껴지누나.   藐焉如夢裡

작았던 옷 하루하루 커져만 가니,   尺衣日日長

앓는 병이 없는 것 기쁠 뿐이네.   無疾是爲喜

아! 네가 어찌 늦게 태어났는가.   嗟爾生何晚

늙은 아빈 애틋한 정 끝이 없구나.   老父情未已

자식 위한 한 평생 근심 같은 건,   爲兒百年憂

날 때부터 시작이 되는 것이니,   已自落地始

근심 걱정 잠깐 동안 접어두고서,   不如且置之

너의 재롱 보면서 즐기려 하네.   含飴聊爾耳

• 박윤묵(朴允默), 「계미년 5월 1일에 딸아이를 낳다(癸未五月一日生女)」

박윤묵은 두 아내에게서 4남 4녀를 두었고, 측실(側室)에게도 1남을 두었다. 이 시는 그가 쉰 세 살에 얻은 늦둥이 딸에 관한 것이다. 이미 많은 아이를 낳았던 탓인지 딸에 대한 아쉬움은 별반 찾을 수 없다. 다만, 늦은 출산으로 인하여 아이의 성장을 오랫동안 지켜보지 못할 것이라는 서운함이 짙게 깔려 있다. 대부분 남자 아이든 여자 아이든 늦둥이를 보는 아버지의 감회는 이와 유사하다. 하루가 다르게 쑥쑥 커가니 병치레가 없는 것이 기쁠 뿐이고, 좀 더 일찍 아이가 태어났다면 얼마나 좋았을까 하는 마음도 들기 마련이다. 13, 14구에서 아이가 태어나면 부모는 늘 노심초사할 수밖에 없지만, 그런 걱정이야 차치해 두고 지금의 재롱만을 기쁘게 보자고 다짐한다. 전반적으로 딸에 대한 감사와 사랑의 마음을 표현하고 있다.

우환 뒤에 한가한 흥 처음으로 일어나서   閒興初生憂患餘

       너보다 예쁜 꽃은 없단다

시 읊고 술 마시니 유거에 걸맞구나.　　　　　　一吟一酌稱幽居

늙은 아낸 쑥대 머리 빗질을 마치었고,　　　　老妻梳罷如蓬首

먼지 앉은 상에 가서 수호지 읽어본다.　　　　就閱塵床水滸書

• 김춘택(金春澤), 「산으로 돌아오자 곧장 어린 딸의 병이 심해져서 거의
　위급할 지경이 되었다가, 열흘이 넘어서야 병이 낫게 되었으니, 또 한바
　탕의 근심과 기쁨이었다. '술을 가져오라' 하고 이 시를 짓는다(還山則幼
　女病甚幾危. 彌旬得愈, 又是一憂喜矣. 命酒賦此)」

　득녀(得女)에 관한 시에서는 조금은 섭섭한 감정이 내비치지만, 육
아에 관한 시에서는 딸에 대한 애틋한 아버지의 마음은 지금과 다를
바 없다. 김춘택은 2남 3녀를 두었다. 제목에서 알 수 있듯이 어린 딸
이 사경을 넘나들었다가, 병에 차도가 있자 안도하는 마음으로 지은
시이다. 한바탕 파도가 휩쓸듯 위급한 일이 지나가자 술 한 잔 생각이
났던 모양이다. 늙은 아내는 머리 빗질할 정신도 없었는지 봉두난발이
었다가 그제야 머리를 손질하고, 자신도 책 한 줄 눈에 들어오지 않아
서 며칠 동안 책상에 앉지 못하다가, 다시 먼지 낀 책상에 앉아 수호지
를 볼 여유도 생겼다. 아픈 딸을 보며 가슴이 철렁 내려앉았던 아버지
의 모습이 저절로 그려진다.

젖먹이 딸 옹알대나 말 안 되는데,　　　　　　乳女不成語

엄마 무릎 옆에서 뛰어 놀다가　　　　　　　　跳戲母膝傍

갑자기 울다가는 다시 웃으며　　　　　　　　忽然啼復笑

창틈 사이 햇빛에 달려가 안네.　　　　　　　走抱隙日光

• 신광수(申光洙), 「장난치는 딸아이(戲女)」

무엇보다 자주 등장하는 것은 딸아이의 재롱에 관한 시이다. 이런 시에서는 꽃을 연지처럼 이마에 붙이는 모습,[5] 꽃을 꺾고서 "엄마 아빠, 제가 꽃처럼 예뻐요?" 하며 웃는 모습,[6] 아이가 아버지의 머리를 족집게로 뽑아주는 모습[7] 등이 인상적으로 그려져 있다. 멀리 떨어져 있는 딸을 그리워하는 아버지의 심정을 그린 작품 중에서는 조위한의 시가 유독 눈에 띈다. 일곱 살 먹은 딸아이가 문밖에 나가 노는 것조차 불안하고, 까마귀를 보면 딸이 먹 장난치던 모습이, 고사리를 보면 딸의 조막손이 생각이 난다고 했다. 집에 돌아가면 입던 옷을 채 벗기 전에 딸을 꼭 안아 보고 싶다는 바람을 담고 있다.[8]

신광수는 5남 3녀를 두었다. 말도 못하는 어린 딸이 엄마 무릎 옆에서 팔짝팔짝 뛰어 놀면서, 울고 웃고를 반복하더니 창틈 사이로 비추는 햇살을 안으려 한다. 아이의 재롱을 상당히 사실적으로 묘사했지만 서정적 느낌이 담뿍 묻어난다.

나흘에 한 번 겨우 집에 가는데	四日一歸家
늦은 귀가 언제나 해가 질 무렵.	歸晏日常晡
문 들어서 하인들을 흩어놓고선	入門散徒隷
말을 매고 푸른 꼴을 먹이게 하네.	繫馬秣靑蒭
어린 자식 오랜만에 나를 보더니	稚子見我稀

5 朴淳,「觀女兒弄花, 戲題」: 女兒聰慧纔離乳, 愛着朱裳只戲嬉. 笑摘海棠花一點, 自塗嬌額比臙脂.
6 申晸,「見稚女折花爲戲喜而有作」: 女兒始學語, 折花以爲娛. 含笑問爺孃, 女顔花似無.
7 尹愭,「幼女鑷白髮謾吟」: 幼女憐吾白髮多, 纔看鑷去忽生俄. 極知無益愁中老, 且免斗驚鏡裏皤. 種種始緣誰所使, 駸駸漸至末如何. 鋤根每戒傷嘉穀, 猶恐公然作一婆.
8 趙緯韓,「憶女兒」: 今歲渠生已七年, 不宜遊戲出門前. 瞻鴉每想塗窓墨, 對蕨翻思覓栗拳. 學母曉粧應未慣, 呼爺夜哭竟誰憐. 唯當老子還家日, 未脫征衣抱爾先.

너보다 예쁜 꽃은 없단다

오려다간 다시금 머뭇거린다.   欲來復躕躇

배로 기어 제 어미를 향해 가는데   匍匐向其母

문득 보니 영락없는 두꺼비로다.   忽顧如蟾蜍

작은 딸은 나이 이제 일곱 살이고   小女年始七

큰 딸은 열 살이 조금 넘었네.   長女十歲餘

다퉈 와서 저녁밥을 권하더니만   爭來勸盤飧

무릎 앉아 다시금 옷깃 당기네.   繞膝復挽裾

흡사 마치 옛 도장 손잡이 위에   恰如古印鈕

새끼 사자 여러 마리 서려 놓은 듯.   蟠結衆獅雛

예전에 어머님 살아 계실 적   伊昔母在堂

내 생애 처음으로 첫 딸 낳았네.   余始生女初

끌어 줘도 걸음을 못 떼더니만   提挈未移步

어떤 때는 저 홀로 똑바로 섰지.   有時立不扶

사람마다 기이하다 자랑하시며   逢人詑奇事

세상에 어떤 것도 없는 듯했네.   有若世間無

손주 하나 기뻐하심도 이러했는데   一孫喜尙爾

이 모습 보신다면 어떠하실까.   見此當如何

       ……   ……

• 박제가(朴齊家), 「숙직을 마치고 나오다(出直)」

   박제가는 3남 2녀를 두었는데 그중 두 딸이 이 시의 주인공이다. 박제가가 숙직을 마치고 집으로 돌아와서 반갑게 딸들과 만나는 내용이다. 아이들이 나흘 만에 보는 아버지가 낯설어 쭈뼛쭈뼛하다가, 엉금엉금 기어서 제 어미에게 가는 모습이 흡사 두꺼비 같다고 했다. 두 딸이 서로 경쟁하듯 저녁밥을 권하더니 무릎을 차지하고 앉아서 옷깃을 당기기 시작한다. 그러한 모습을 도장 손잡이 위에 새끼 사자가 서려 있는 것 같다고 표현했다. 생전에 첫 손녀딸을 그렇게 예뻐하셨던 어머니가 이 모습을 보셨으면 어땠을까 안타깝고 슬픈 마음을 담아냈다.

Ⅲ.

속담에 "딸은 두 번 서운하다. 처음 날 때 서운하고 시집보낼 때 서운하다"는 말이 있다. 지금은 출가한 딸자식과의 왕래가 빈번하지만, 예전의 결혼은 친정과의 철저한 단절을 의미했으니 딸의 출가(出嫁)를 맞는 아버지의 심정은 남다를 수밖에 없었다.

시부모 섬기기를 효로써 하고	事舅姑以孝
제사 받들기를 엄숙함으로 하며	承祭祀以嚴
지아비 받들기를 공경으로 하고	奉夫子以敬
시누이와 지낼 땐 화목으로 하며,	與叔妹以和
친척을 만날 때엔 바른 도리로 하고	接親戚以正
예절을 지키되 곧은 마음으로 하며,	守禮節以貞
길쌈을 힘쓸 때엔 근면으로 하고	務紡績以勤
술과 음식 올릴 때엔 정결히 하라.	供酒食以潔

• 전우(田愚), 「맏딸을 가르치며(敎長女 乙未)」

전우의 나이 55살에 지은 시로 출가 전의 딸에게 준 것이다. 봉제사(奉祭祀), 접빈객(接賓客)을 기본으로 하여 시집 친구들과의 화합을 강조하며, 가사(家事)에 대한 언급까지 구구절절 딸에 대한 당부로 가득하다. 전체적으로 요약을 하면 충실한 부도(婦道)를 실행할 것을 주문한 내용들이다. 안정복의 다른 시에서도 부용(婦容), 부언(婦言), 부덕(婦德), 부공(婦功)의 네 가지를 제시하고 있으니,[9] 이와 크게 다르지 않다. 시집갈 과년(瓜年)한 딸을 둔 아버지의 심정은 혹독한 시집살이를 견뎌야 할 딸에 대한 연민과, 그러한 생활들을 현명하게 이기고 견뎌나가길 바라는 기대가 함께 공존했을 것이다.

내 나이 스물하고 아홉 살 때	吾年二十有九歲
섣달 열사흘에 네가 태어났었지.	汝生臘月旬三日
고생하고 애쓰던 일 어제 일만 같은데,	劬勞顧復事如昨
네 어미 이미 죽고 난 늙고 병들었네.	汝慈已沒吾衰疾
다행히 너는 자라 시집가게 되었으니,	幸汝長成有所適
내가 가서 널 보낼 땐 기쁨과 슬픔 간절하리.	我往送汝悲喜切
구구한 이별의 정, 말해서 무엇하랴.	區區別懷且莫說
다만 내 딸, 좋은 아내 되기만을 청하누나.	但請吾女宜家室
남편 뜻 어김없이 반드시 공경하고 조심하며	無違夫子必敬戒
시부모께 효도하고 시집의 친척들과 화목해라.	孝于舅姑和宗戚
사치보단 검소하고, 젠 체보다 못나게 살며,	奢也寧儉巧寧拙
말 많은 게 그중에서 가장 좋지 않단다.	最是多言爲惡德
술과 장, 명주실, 삼실 만드는 건 그 직분이고,	酒醬絲麻是其職
종족(宗族)을 보존하고 가정 이루는 건 노력에 있네.	保族成家在努力
규문엔 법도 있어 스스로 엄정하니,	閨門三尺自有嚴

---

9 安鼎福, 「警女兒」: 婦行無多只有四, 孜孜不忘警朝曛. 貌存敬謹宜思靜, 言欲周詳更着溫. 德以和柔貞烈最, 工因酒食織紝勤. 若將此語銘心肚, 吉福綿綿裕後昆.

바깥일 삼가해서 간섭을 하지마라.　　　愼旃外事毋相涉
네 집에 가거들랑 내 말을 생각해서　　　汝歸汝家思吾言
가문에 치욕 있게 하지를 말아다오.　　　勿使門戶有恥辱
늙은 내 이 말을 저버리지 않는다면,　　老吾此言如不負
훗날에 저승 가도 편히 눈을 감게 되리.　他日泉下可瞑目

- 채지홍(蔡之洪), 「이씨에게 시집가는 딸이 떠나려 할 때에 말을 청하기에
  시를 써서 주다(李女將行請言, 詩以贈之)」

　채지홍의 딸이 혼례를 목전에 두고 아버지께 청하여 써 준 시로, 회고와 당부가 주된 내용이다. 자신의 나이 스물아홉에 얻은 딸인데, 그동안 아내는 죽고 자신도 늙어 병들었다. 4구의 비희(悲喜)는 장성한 딸이 무사히 시집을 가게 되어 기쁜 마음과, 동시에 딸과 헤어져야 하는 슬픈 마음을 함축적으로 잘 보여준다. 남편, 시부모, 일가친척과의 관계에 대한 조언, 또 며느리와 부인으로서 해야 할 행동거지에 대한 당부가 구구절절 이어진다. 아주 세밀한 것까지 언급한 부분에서 엄격한 아버지보다는 오히려 자애롭고 곰살맞은 아버지가 느껴지기도 한다.

늙은이 일흔 넷에 봄날을 맞았으니,　　翁年七十四回春
치아는 싹 빠지고 머리는 세었노라.　　口齒全空兩鬢銀
시집가는 딸 보는 것 기쁨에 못 이겨서　不勝喜歡看嫁女
스스로 먹고 마시며 사람들 붙잡아 뒀네.　自能飮食解留人
산골 하늘 구름 낀 해 따스하게 내리 쬐고,　峽天雲日垂暉暖
숲 속에 서리꽃은 맵시가 새롭구나.　　林塢霜花作態新
진탕 마셔 취하는 걸 어찌하여 사양하랴.　酩酊寧辭十分醉

더군다나 사돈댁과 집안끼리 친하노니　　　　　婚家況得是朱陳

- 정범조(丁範祖), 「딸을 시집보내는 날에 술에 매우 취하여서 입으로 불러 짓다(嫁女之日, 醉甚口呼)」

　나이 일흔다섯에 딸아이를 출가시키게 된 정범조가 혼례를 치르던 그 당일에 쓴 작품이다. 딸아이의 솜씨에 대한 자부도 엿보인다. 좋은 날씨에 그것도 세교(世交)가 있던 집안하고 혼례를 치르게 되니 이런 날은 좀 취해도 괜찮다고 했다. 노년에 맞는 혼사(婚事)인 탓인지 딸을 시집보내는 섭섭함은 크게 드러내지 않고, 오히려 인생을 정리하는 시점에서 만난 따뜻한 마무리에 후련함을 느끼고 있는 듯하다.

돌아보니 내 나이 예순 살인데	顧余年六十
다행허도 이런 딸 낳게 되었네.	幸生此女子
방실방실 웃는 것 보게 됐으나,	孩笑猶可見
혼인함은 진실로 생각키 어려웠네.	結褵固難擬
어느덧 나이 벌써 열아홉 되었으니,	居然十九歲
아이를 낳은 것이 참으로 기쁘구나.	生産眞可喜
딸 낳은 일[10] 다시금 논할 것 있나.	巽索更何論
딸 낳는다 해도 또한 괜찮으리라.	弄瓦亦可以
앉아서 앵앵 우는 소리 들으니,	坐聞呱呱啼
네 어미 울던 때와 꼭 비슷하네.	汝母恰相似
아아! 나는 어찌 늙지 않으랴.	嗟我豈不老
포대기 속 있던 네가 아이엄마 되었으니.	襁褓又及是

---

10 딸 낳은 일: 『周易』 「說卦」에 "巽一索而得女, 故謂之長女."라고 했다.

앞으로 아이 몸에 병이 없으면   從此身無病
가문엔 온갖 복을 보존함 되리.   門楣保百祉

- 박윤묵(朴允默), 「무신년 9월 초 4일 자시에 넷째 딸인 김씨의 아내가 순
  산으로 딸을 낳았으니 매우 기쁘다(戊申九月初四日時, 第四女金婦順産
  生女可喜)」

1848년 박윤묵이 세상을 떠나기 1년 전, 나이 일흔여덟에 지은 시
이다. 예순 살에 늦둥이 딸아이가 태어났다. 결리(結褵)는 결리(結縭)
라고도 하는데 향주머니를 채워 주는 것으로 결혼을 의미하며, 결리를
보기 어렵다는 말은 딸의 출가를 보기는 힘들 것 같다는 뜻이다. 그랬
던 딸아이가 장성하여 벌써 딸을 낳게 되었으니 아들이든 딸이든 그런
것이야 따질 것이 없다 했다. 손녀딸의 우는 소리를 듣고 옛날 자신의
딸 울음을 떠올렸다. 포대기에 싸여 있던 아이가 이렇게 장성하여 아
이를 낳고, 그동안 자신은 늙어 버렸지만 그저 아이의 무병을 기원할
뿐이다. 손녀를 얻어 흐뭇한 할아버지의 마음과, 딸의 출산이 대견한
아버지의 마음이 동시에 보인다.

딸의 혼사(婚事)를 앞둔 아버지의 심정은 복잡할 수밖에 없다. 어머
니와 아내의 고단한 삶을 보면서 그러한 삶이 딸에게도 재현될 것임을
아버지는 누구보다도 잘 알고 있다. 그러나 시집가는 딸에게는 부도
(婦道)에 대한 강조를 하지 않을 수 없고, 시댁에서 발생하는 돌발적인
모든 상황에 현명히 대처하기를 바랄 뿐이다. 시집을 보낸 후의 감회
를 적은 시에는 직접적으로 드러나 있지 않지만 착잡한 심정을 숨기지
않았다. 또, 시집가서 출산을 한 딸아이에 대해서는 대견함과 흐뭇함
을 표출하기도 했다.

Ⅳ.

출가한 딸은 아버지 상(喪)에도 친정에 직접 가지 않는 것을 예법으로 삼았다고 한다. 근친(覲親)은 귀녕(歸寧) 또는 귀성(歸省)이라고도 부르는데, 출가한 딸이 친정에 가서 어버이를 뵙는 일이다. 며느리는 명절, 부모의 생신, 제일(祭日)에만 말미를 받아 근친을 갈 수 있었다. 출가한 뒤 3년 뒤에 근친하게 되면 단명(短命)한다는 속신(俗信)이 있어 평생 한 번도 근친하지 못하는 경우도 있었다고 한다. 경우에 따라서는 추석을 전후해서 양가(兩家)의 중간쯤 되는 장소에서 만나는 '반보기(中路相逢이라고도 한다)'를 하기도 했다. 보통 출가한 딸이 부모의 집을 찾아오는 장면은 한시에 많이 보이고, 부모가 직접 딸의 집을 방문하는 내용도 적지 않다.

> 흰 저고리 입은 모습 눈앞에 어른거려　　　　素服依依在眼前
> 문 나와 자주 볼 제 뉘엿뉘엿 해 기우네.　　　出門頻望日西懸
> 돌아와 슬픈 말을 많이는 하지 마렴.　　　　　歸來愼莫多悲語
> 늙은 아비 마음은 너무나 서글퍼지리니.　　　老我心神已黯然
> • 김우급(金友伋), 「딸아이가 친정 오는 것을 기다리며(待女兒歸覲)」

출가한 딸이 친정에 오기로 한 모양이다. 딸이 옛날에 즐겨 입었던 저고리가 눈앞에 금세보일 것 같아 문밖에 나와 어슬렁거려보지만, 이미 해는 저물어 가고 있다. '해가 지고 있다는 말〔日西懸〕'에서 초조한 심정을 읽을 수 있다. 3, 4구는 딸이 돌아와서의 일을 생각하면서 쓴 내용이다. '슬픈 말〔悲語〕'은 듣고 싶지 않다는 말의 속뜻은 나쁜 일이 없기를 바라는 간절한 마음이다. 딸의 이야기만으로 행복과 불행을 판

단해야 하고, 적극적으로 딸아이의 삶에 개입할 수 없는 아버지의 무력감 같은 것이 보인다.

어린 딸 집 떠난 지 벌써 십 년 되었으니,	幼女辭家已十年
늙은 아비 마음일랑 언제나 서글펐네.	老夫心事每悽然
오늘 밤 밤새 보니 도리어 꿈같아서,	今霄秉燭還如夢
너무도 기뻤지만 눈물이 흐르누나.	喜極還敎涕淚懸

- 신정(申晸), 「맏딸인 이씨의 아내가 집을 떠난 지 십 년 만에 이제야 친정에 돌아오게 되었으니, 기쁨과 슬픔을 억누를 수 없어 한 편의 절구 시를 짓다(長女李氏婦辭家十年. 今始來覲, 不禁悲喜, 口占一絶)」

근친(覲親)이 반드시 정례적으로 지켜지지는 않았는지, 십 년 만에 이루어진 부녀 상봉도 적지 않았다. 신정은 맏딸을 출가시킨 지 십 년 만에 마주한 소회를 읊었다. 어린 딸아이가 시집을 간 순간부터 다시 만나게 되는 이 순간까지 딸 걱정에 마음은 언제나 서글펐다. 오랜만에 만난 것이 도리어 꿈만 같아서 잠도 미룬 채 마주 앉아서 이야기를 나눈다. 지금 만나는 것은 지극히 기쁜 일이나, 또다시 헤어져서 십여 년 동안 만나지 못할 것을 생각하니 다시금 눈물이 나온다. 귀령을 맞이하는 아버지의 복잡한 심정이 인상적이다.

[1]

먼 데 있는 딸이 어찌 올 수 있으랴만	遠女何能至
삼 년 만에 처음으로 문 앞에 왔네.	三年始當門
서로 보자 내 맘이 위로가 되나	相見我心慰
시부모께 뒷말이 없게 하거라.	舅姑無後言

　　　　　　　　　　　　　너보다 예쁜 꽃은 없단다

위의 시는 친정 어머니의 말이다.　　　　　　　　右母言

〔2〕

시부모님 기분 좋게 허락하시어　　　　　　　舅姑好顔許
그리하여 저는 감히 친정 왔어요.　　　　　　而女敢寧親
올 때에 시부모님 말씀하시길,　　　　　　　　來時舅姑語
"겨울 나고 봄도 지내렴" 하셨죠.　　　　　　經冬又經春
위의 시는 딸의 대답이다.　　　　　　　　　　右女對

〔3〕

시부모님 제 마음 헤아리셔서　　　　　　　　舅姑忖我心
저에게 말했죠 "집에 어머니 계셔서,　　　　謂我母在堂
빈손으로 뵐 수는 없을 터이니　　　　　　　未可空手見
떡과 사탕 가져다 드리려무나."　　　　　　　持贈餠與餹
위의 시는 딸의 말이다.　　　　　　　　　　　右女言

〔4〕

떡과 사탕 맛도 있고 양도 많으니　　　　　　此物旨且多
네 시부모님 너그런 분인 줄 알겠네.　　　　知爾舅姑厚
동쪽 집 딸도 친정으로 돌아왔는데　　　　　東家女亦歸
해진 옷 차림에다 빈손이었단다.　　　　　　弊衣垂空手
위의 시는 친정 어머니의 대답이다.　　　　　右母答

• 유인석(柳麟錫), 「모녀가 서로 만나다(母女相見)」

근친을 온 딸과 어머니의 상봉을 다룬 시로, 모녀의 문답으로 구성

되어 있다. 〔1〕 어머니는 삼 년 만에 딸이 집에 와서 반가운 마음도 들지만 시부모님께 흠이 잡히지 않을까 걱정을 한다. 〔2〕 그러자 딸이 시부모님이 흔쾌히 허락을 해서 왔으니 걱정하지 않아도 된다며 겨울과 봄 두 계절을 친정에 머무를 수 있다는 말까지 덧붙여 어머니를 안심시킨다. 〔3〕 딸은 떡과 사탕을 챙겨 주며 친정어머니께 드리라던 시어머니의 말을 전한다. 〔4〕 어머니는 빈손으로 와도 고마운 일인데 선물까지 챙겨 준 것을 보니 시부모님이 후덕한 사람인줄 알겠다며 좋아한다. 덧붙여 이웃에 근친을 온 다른 집 딸은 빈손으로 왔더라며, 자신의 딸이 좋은 시댁을 만나 다행이라는 뜻을 전한다. 여기에 아버지는 직접 등장하지 않지만 관찰자의 시선으로 이 모든 풍경을 기록하고 있다.

세상의 이런 이별 가볍지 아니하니　　　　　人間此別未宜輕
문에서 훌쩍대며 가는 널 전송하네.　　　　淚洒柴門送汝行
시야에 사라지자 부질없이 그림자 위로하니　望眼窮來空吊影
먼 하늘에 외로운 새도 서글피 우는구나.　　長天獨鳥亦寒聲

● 이홍남(李洪男), 「젊은 딸이 서울로 돌아갈 때에 앞서 근친 때의 시운을
　써서 짓다(少女還京 用前來覲韻)」

　만나는 순간이 있으면 헤어지는 것 또한 당연한 순리이다. 기다림에는 만남에 대한 희망이 있지만, 만남 이후에는 헤어질 시간만 기다리고 있을 뿐이다. 근친을 왔다가 서울로 돌아가는 어린 딸을 눈물을 흘리며 전송하다가 딸의 모습이 사라지자 그림자를 위로한다고 했다. 조영(吊影)은 '형영상조(形影相吊)'의 준말로, 오직 자신의 형체와 그림자만이 서로 위로한다는 뜻으로 외톨이 신세를 말한다. 딸을 다시 시댁으로 돌려보내는 아버지의 심정이 절절하다.

역마 타고 지나지 않았다면은	若非乘傳過
호남 땅에 사는 아이 어이 찾으랴.	焉得訪湖居
긴 이별에 소식이 막히었다가,	久別音容隔
서로 만나게 되니 꿈속과 같네.	相逢夢寐如
나는 아직 어린애로 너를 보는데,	我猶孩看汝
너는 내가 늙었다고 상심 하누나.	爾以老傷余
가는 길에 다시 보길 기약하면서,	歸路期重見
바쁘게 서둘러서 옷자락 터네.	恩恩且拂裾

• 임방(任埅), 「익산에서 딸을 찾아 보다(益山訪見女息)」

    공무 때문인지 익산(益山)에 갔다가 그곳에 사는 딸을 방문하고서 지은 시이다. 부모가 딸의 집을 방문하는 일이 흔하지 않았을 법도 한데, 의외로 이러한 내용의 시들이 많이 보인다. 오랜만에 만났던 모양인지 꿈속과 같다고 표현했다. 자신의 눈에는 아직도 딸이 어린애처럼 보이는데, 딸은 되레 아버지가 늙었다고 걱정을 한다. 일정이 끝나고 돌아가는 길에 다시 볼 것을 약속하고서 서둘러 딸의 집을 떠나고 있다.

    출가한 딸과 부모의 만남은 공식적으로 근친(覲親)을 통해서 이루어졌다. 그러나 근친이 정례적으로 실시되지는 않았던 것으로 보인다. 시부모나 시댁의 사정에 따라 십 년 동안 친정에 발걸음을 하지 못한 경우도 드물지 않았다. 근친을 기다리는 설렘과 다시 헤어져야 하는 아쉬움을 함께 읽을 수 있었다. 일방적으로 근친을 기다리기만 한 것이 아니라, 딸의 집을 직접 방문하기도 했는데 그러한 정황을 다룬 시들은 쉽게 찾을 수 있다.

V.

죽음을 다룬 만시는 도붕시(悼朋詩), 도망시(悼亡詩), 곡자시(哭子詩) 등이 있다. 이 중에 곡자시는 자식을 잃은 아픔을 적은 시이다. 인간이 겪을 수 있는 가장 큰 극한의 아픔은 자식을 앞세우는 일이니, 극심한 슬픔에 실명(失明)을 했다 하여 상명지통(喪明之痛)이란 말도 있다.

네가 태어난 지 겨우 한 달 만에,	爾生纔三旬
양산(楊山) 근처의 땅에 벌써 묻혔네.	已埋楊山陲
만일 수명 지금에 그칠 것이면	命若止于今
차라리 태어나지 않은 게 낫지.	不如不生之
네 아비만 근심할 뿐만 아니라	非但爾父懷
할머니가 슬퍼하심 걱정이구나.	恐爲我母悲
비노니 기린 같은 아들이 되어,	祝爾作麒麟
내생(來生)에도 내 자식 되어 주려마.	輪生爲吾兒

- 김기장(金基長),「새로 태어난 딸애를 곡하다. 신사년에 짓다(哭新生女辛巳)」

김기장(金基長)의 자는 일원(一元)이고 호는 소천(篠川)이다. 일찍이 봉록(鳳麓) 김이곤(金履坤)과 종유(從遊)할 때 시를 지었는데, 시가 매우 청아하고 담박하였다 한다. 문집으로『재산집(在山集)』이 있으며, 그 밖의 행적은 알려진 바가 없다. 생후 한 달 만에 죽은 딸에 대한 시이다. 짧은 시간만 살 것 같으면 태어나지 않은 것만 못하다고 했으니, 가혹한 운명에 대한 슬픔을 표현한 셈이다. 이 와중에도 자신의 아픔보다도 자신의 어머니가 감당할 아픔에 마음을 쓰고 있다. 마지막 7, 8

너보다 예쁜 꽃은 없단다

구에서는 내세에는 자신의 아들로 다시 태어나 주길 바라는 기원으로
마무리하였다.

시월의 빈산에다 널 길이 버리노니   十月空山永棄之
땅속엔 젖 없어서, 넌 이제 굶겠구나.   地中無乳汝斯饑
인삼인들 어떻게 죽는 자를 만류하랴.   人蔘那挽將歸者
고질병에 별 수 없으니 의원 탓하지 않네.   技竭膏肓不怨醫
　• 이덕무(李德懋), 「딸을 묻고서(瘞女)」

　이덕무가 시월에 산에다 딸을 묻고서 지은 시이다. 2구의 땅속에 젖
이 없어 굶주리게 되었다는 내용에서 어린 딸을 잃었음을 알 수 있다.
인삼을 써도 소용이 없었고 골수에까지 파고든 병이라 의원을 탓하지
않는다 했으니, 딸의 죽음을 담담하게 운명으로 받아들이고 있다.

다닥다닥 아기 무덤 산 밑에 모였으니   纍纍殤葬接山根
그 어디 네 혼령이 있는지 모르겠네.   不記何墳是爾魂
황천에 자녀 많은 사람은 애달프니,   痛殺泉間多子女
해질녘 오던 길에 눈물이 주르르륵.   夕陽歸路淚交痕
　• 이현석(李玄錫), 「단옷날에 서산(西山)의 선영(先塋)에 제사를 지내고 나
　　서, 이십 년 전에 장사를 지냈던 네 살 된 딸아이의 무덤을 보다가 서글퍼
　　서 읊다(端午日行祭西山先塋, 仍見廿年前所葬四歲女兒塚. 愴然口占)」

　단옷날 선산에 제사를 지내러 갔다가 이십여 년 전에 죽은 네 살 된
딸아이의 무덤을 보고서 지은 시이다. 이제 어디에 묻었는지 무덤도
찾을 길이 없지만, 자식을 잃은 슬픔은 세월이 가도 가라앉지 않는다.

지금 살아 있다면 스물네 살쯤 되었을 딸을 생각하니 마음이 더욱더
서글프다. 3, 4구의 내용으로 보아 이현석은 먼저 죽은 자식이 더 있었
던 모양이다. 해질녘이 되어 눈물을 흘리면서 집으로 돌아간다니, 슬
픔에 한참동안 자리를 뜨지 못했음을 알 수 있다.

〔1〕
골짜기에 외로운 초빈은 무덤도 없다니   峽中孤殯未成墳
지난해에 죽은 것을 올해야 듣게 됐네.   去歲存亡此歲聞
날마다 산에 올라 북쪽 하늘 바라보면   日日登山長北望
행여나 하늘 멀리서 오는 혼 있으려나.   天涯倘有遠來魂

〔2〕
등잔 앞서 흐느끼며 눈물만 흘리면서   燈前嗚咽淚沾裳
"밥 많이 잘 드시고 너무 슬퍼 마셔요" 하더니만,   說與加餐莫浪傷
사생의 이별 될지 누가 어이 알았으리   誰料翻爲死生訣
이제야 바삐 온 일 몹시도 한스럽네.   只今長恨拂衣忙
    • 이산해(李山海),「딸아이의 죽음을 곡하다(哭女)」

  이산해는 4남 4녀를 두었다. 1592년 54세 때 둘째 딸이(李德馨의 妻)
왜적이 도착한다는 소문을 듣고서 바위에서 떨어져 순절(殉節)하였다.
〔1〕무덤도 쓰지 못하고 초빈(草殯)해 두었다는 소식을 뒤늦게 알게 되
었다. 매일 북망산천을 바라보면 딸아이의 혼이 혹시 돌아올 수 있을
까 하는 바람을 담았다. 〔2〕시집간 딸을 시댁에 데려다 줄 때의 광경
을 회상하고 있다. 눈물을 적시며 "아버지 밥 잘 드시고 너무 슬퍼하지
마세요" 하며 달래 주던 딸의 모습이 마지막이었다. 그것이 마지막인

줄 알았다면 그렇게 서둘러서 돌아오지 않았을 거라며 후회하고 있다. 전란(戰亂)에 딸을 잃은 아픔을 곡진히 담아냈다.

삼 년이 지나도록 슬픈 생각 안고 사니	三霜已改抱餘悲
부자간 은정 어이 사사로운 것이리오.	父子恩情奈我私
방에서 새 장가 소식 멀리에서 들으니	閨裏遠聞新娶婦
세상에서 고아 아이 맡길 만 하겠구나.	世間可託一孤兒
절해에 몸이 있어 꿈속에만 어른대니,	身留絶海空勞夢
황천에 넋 있다면 혹시 알지 않을까?	魂在重泉儻有知
이승에선 옥 같은 네 모습 못 볼 터니	玉貌此生求不得
외론 구름, 지는 해에 창자가 끊어지네.	孤雲落日斷腸時

• 박윤묵(朴允默), 「둘째 딸의 대상(大祥)이 이미 지나자 사위 유명훈이 바다 밖에서 계취했다는 말을 듣고 생각을 하니 매우 슬퍼서 이 시를 짓고서 우노라(聞仲女大忌已過, 劉郎命勳繼娶海外, 思想悲絶, 作此詩以泣之)」

사위의 불행은 곧 딸의 불행인데, 막내딸이 시월에 결혼했다가 십이월에 죽었다는 기막힌 소식을 듣고 지은 윤기(尹愭)의 시도 있다.[11] 위의 시는 사위의 재혼 소식을 듣고 그 감회를 적고 있다. 대상(大祥)은 사망한 날로부터 만 2년이 되는 두 번째 기일(忌日)에 지내는 상례의 한 절차이다. 대상을 지내고 나면 상복을 벗게 되는데, 사위인 유명훈은 마치 아내의 탈상(脫喪)을 기다렸다는 듯 재혼을 했다. 3년이 지났지만 아비의 아픔은 그대로이고, 외손자에게 새엄마가 생긴 일은 다행

---

11 尹愭, 「十月季女成婚, 十二月新郎夭逝. 余在嶺外聞之, 慘慟不自忍」: 哭死由來不爲生, 我今哀死以哀生. 死者無知長已矣, 其如吾女可憐生.

이라지만 그래도 섭섭한 마음은 어쩔 수가 없다. 그 소식을 들으니 딸이 눈물겹게 더 보고 싶다. 꿈속에서만 딸의 모습이 아른거릴 뿐인데, 혼이라도 있다면 자신의 이런 맘을 알아주기 바란다고 했다. 이미 죽은 사람은 죽음과 아무 관계가 없으니, 죽음의 슬픔은 온전히 살아남은 사람의 몫이다. 사위를 원망할 수도 없지만 그렇다고 축복해 줄 수도 없는 착잡한 심정을 담았다.

어떤 만시(輓詩)든 슬프지 않은 시는 없다. 그러나 자식의 죽음을 적은 곡자시는 격통을 표현함이 남다르다. 나이가 어려서 죽든 나이가 들어서 죽든 부모가 겪는 아픔에는 별반 차이가 없다. 또, 사위의 죽음을 겪으면서 아픔을 토로하는 경우도 많다. 사위의 죽음이 더 슬픈 것은 결국 딸이 그 고통과 아픔을 고스란히 겪어내야 함을 알기 때문이다.

VI.

한시에서는 부모와 자식, 부부간의 정, 친구와의 우정 등 순수한 인간애를 어렵지 않게 찾아볼 수 있기 때문에 다른 어떤 자료보다 일상의 부면이 선명하게 보인다. 관찬 사료에서는 도저히 찾을 수 없을 인간의 숨결이 생생하게 느껴진다. 세상의 발전이나 변화는 눈부시지만 사람의 정리(情理)란 옛날과 별반 다름이 없다는 사실을 확인할 수 있다. 일반적인 예상과는 달리 그 옛날 아버지의 딸에 대한 사랑은 지금과 다를 바 없을 뿐만 아니라, 그 깊은 속정은 오히려 곰살맞기까지 했다.

여자 아이의 출생에서는 아쉬운 감정을 숨기지 않았지만, 그렇다고 해서 낙담하거나 실망하는 모습 또한 찾아볼 수 없다. 딸에 대한 감사와 사랑의 마음을 주로 표현하고 있으며, 무엇보다 딸을 기르면서 느끼는 감정은 요즘 아버지의 정서와 비교해도 손색이 없다. 특히나 어린 딸아이의 재롱을 바라보는 시선은 따스하고 아름답다.

딸을 시집보내는 아버지의 마음은 대견함과 상실감이 교차된다. 더군다나 지금처럼 왕래가 자유롭지 못한 상황에서 헤어짐의 아쉬움은 더욱 절절하다. 시가(媤家)에서 잘 적응하기 바라는 마음을 담아 거듭 당부한 시들이 많고, 딸아이의 출산을 통해 순산(順産)에 대한 안도와 대견함을 드러낸 내용도 인상적이다.

시집간 딸아이를 공식적으로 볼 수 있는 것은 근친(覲親)을 통해서이다. 그러나 이마저도 거르는 경우가 적지 않아서 딸의 방문을 기다리는 아버지의 애타는 마음이 진진하다. 만남의 기쁨에 마음을 놓기도 전에 다시 이별을 준비해야 하는 아버지는 서운하기만 하다. 예상과 달리 딸의 집을 방문하고 지은 시들도 제법 보인다. 일방적으로 딸만 부모의 집을 방문한 것이 아니라, 서로 간의 왕래가 있었음을 알 수 있다.

자식의 죽음은 인간이 경험할 수 있는 가장 극한의 아픔이다. 자식을 앞세운 아버지의 심정은 어떠한 시보다 애달프다. 뿐만 아니라 사위의 죽음을 겪은 딸아이의 불행에 대해서도 함께 상심(傷心)하고 있다.

한시에 나타난 아버지와 딸의 모습을 통해 부성애도 모성애에 못지 않은 깊이가 있음을 볼 수 있었다. 딸에 대해서 아버지만이 가질 수 있는 가슴 시린 감정은 예나 지금이나 차이가 없다. 시기에 따라 아버지와 딸의 관계는 한시에 나타나는 모습에서도 미묘한 차이가 있을 것이다. 이러한 문제에 대한 해명은 더 많은 자료를 보충해야 가능하니, 차후의 과제로 남겨둔다.

　내 핏줄을 얻는 일은 일생에서 가장 고귀한 경험이며, 무엇과도 바꿀 수 없는 기쁨임에 틀림없다. 그러나 남자, 여자를 막론하고 득남(得男)·득녀(得女)의 기쁨을 다룬 시들은 생각보다 많지 않다. 그나마 득녀(得女)의 감정을 다룬 작품은 손으로 꼽을 수 있을 정도다. 아마도 자신의 감정을 표현하는데 인색했던 시대적 분위기도 한몫을 했을 것으로 보인다.

언거나 잃거나 순리대로 받을 터니
아들이라 기뻐하며 딸이라 슬퍼하랴.
저 하늘이 아득한 것 아닐 것이니,
끝까지 백도처럼 아들 없진 않으리라.

得失唯當順受之
生男何喜女何悲
彼蒼不是茫茫者
未必終無伯道兒

● 송몽인(宋夢寅), 「딸을 낳다(生女)」

　　세상의 모든 일이 소망한다고 이루어지고 거부한다고 피할 수도 없
다. 모든 것이 다 운명이니 순명(順命)의 자세로 감사하면 그뿐이다.
아들이라고 기뻐할 것도 딸이라고 슬퍼할 것도 없다. 그렇지만 딸을
낳아 서운한 마음만은 감출 수 없었던 모양이다. 그가 정작 하고픈 말
은 3, 4구에 담겨 있다. 백도(伯道)는 진(晉)나라 등유(鄧攸)의 자(字)이
고, 백도무아(伯道無兒)라는 고사의 주인공이기도 하다. 등유는 난리
통에 자식을 잃은 뒤로 후사(後嗣)가 끊어졌다. 지금은 딸을 낳아 조금
은 아쉽지만 어차피 아들을 낳을 것이니 그리 슬플 것이 없다고 스스
로 위로하였다. 결국은 꼭 아들 하나만은 보고 싶다는 말이다. 불행하
게도 송몽인은 서른한 살에 죽었고, 끝내 아들을 볼 수는 없었다.

너보다 예쁜 꽃은 없단다

채용신(蔡龍臣), 「운낭자상(雲娘子像)」, 비단에 채색, 120.5×61.7cm,
국립중앙박물관

내 나이가 쉰 세 살 되었을 때에　　　　　　　　　我年五十三
여자아이 하나를 낳게 되었네.　　　　　　　　　産得女子子
늘그막에 재롱 보면 그로 족하니,　　　　　　　　老來弄亦足
딸이든 아들이든 가릴 건 없지.　　　　　　　　　瓦璋無彼此
비녀 꽂고 시집 감을 볼 수 있을까　　　　　　　　婚笄可能見
아득한 일 꿈속처럼 느껴지누나.　　　　　　　　　藐焉如夢裡
작았던 옷 하루하루 커져만 가니,　　　　　　　　尺衣日日長
앓는 병이 없는 것 기쁠 뿐이네.　　　　　　　　　無疾是爲喜
아! 네가 어찌 늦게 태어났는가.　　　　　　　　　嗟爾生何晩
늙은 아빈 애틋한 정 끝이 없구나.　　　　　　　　老父情未已
자식 위한 한평생 근심 같은 건,　　　　　　　　　爲兒百年憂
날 때부터 시작이 되는 것이니,　　　　　　　　　已自落地始
근심 걱정 잠깐 동안 접어두고서,　　　　　　　　不如且置之
너의 재롱 보면서 즐기려 하네.　　　　　　　　　含飴聊爾耳

• 박윤묵(朴允默), 「계미년 5월 1일에 딸아이를 낳다(癸未五月一日生女)」

　박윤묵은 두 아내에게서 4남 4녀를 두었고, 측실(側室)에게도 1남을
두었다. 이 시는 그가 쉰 세 살에 얻은 늦둥이 딸에 관한 것이다. 앞서
많은 아이를 낳았던 탓인지 딸을 낳아 느끼는 아쉬움은 별반 찾을 수
없다. 다만, 늦은 나이에 딸아이를 얻어서인지, 아이의 성장을 오랫동
안 지켜보지 못할 수도 있겠다는 불안감도 엿보인다. 대부분 남자 아

이든 여자 아이든 늦둥이를 보는 아버지의 감회는 이와 유사하다. 아이가 하루가 다르게 쑥쑥 커 가니 병치레가 없는 것이 기쁠 뿐이고, 좀 더 아이가 일찍 태어났다면 얼마나 좋았을까 하는 마음도 들기 마련이다. 13, 14구에서 아이가 태어나면 부모는 늘 마음을 끓일 수밖에 없지만, 그런 걱정이야 차치해 두고 지금의 재롱만을 기쁘게 보자고 다짐한다. 전반적으로 딸에 대한 감사와 사랑의 마음을 표현하였다. 한마디로 말하자면 "아가야 너무 늦게 불러서 미안해"이다.

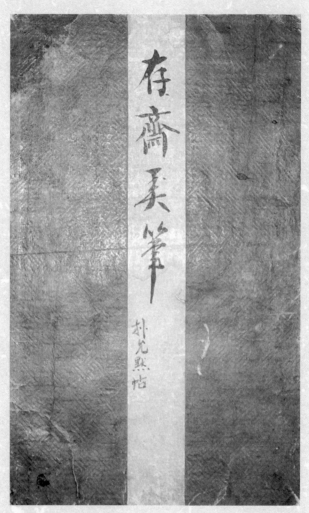

박윤묵(朴允默), 「존재농필(存齋弄筆)」첩(帖)

세 아내 두었는데 이제 아이 얻었으니　　　　　三妻今始一兒生

딸이라 하지만 늙은 아빈 정이 가네.　　　　　縱女猶牽老父情

이어서 두 아들을 응당 안게 될 것이니,　　　繼此兩男應抱得

이호(梨湖)에서 꾼 길몽이 진실로 분명하리.　梨湖吉夢信分明

- 조관빈(趙觀彬),「내 나이 46세에서야 첫 아이를 얻게 되었으니 바로 딸
  이었다. 이 사실을 써서 스스로 위안하고 옛 꿈을 적는다(余年四十六, 始
  得嫡出兒, 乃女也. 書此自慰, 且記昔夢)」

그는 1705년 15세의 나이로 유득일(兪得一)의 딸 창원유씨(昌原兪
氏)와 혼인하였지만, 1729년에 아내는 자식도 남기지 못한 채 세상을
떴다. 1730년 40세의 나이로 이위(李煒)의 딸 경주이씨(慶州李氏)와 혼
인했지만 그녀도 23일 만에 갑작스레 죽었다. 이때의 심정은 「再醮纔
廿日 遽爾喪配 書此 寓悼亡之懷」에 잘 드러나 있다. 그 뒤 시기는 정확
히 알 수 없지만 박성익(朴聖益)의 딸을 셋째 부인으로 맞이해서 자식
을 잔뜩 기대했다. 하지만 출산을 앞두고 유산하게 되었다. 당시 아이
를 유산한 아픈 심정은 「歎墮胎」에 잘 나타나 있다. 기구한 팔자가 아
닐 수 없다. 계속 자식이 없게 되자 조영석(趙榮晳)을 후사로 들였다.
그 뒤 다행스럽게도 셋째 부인에게서 딸 둘과 아들 둘(조영현(趙榮顯),
조영경(趙榮慶))을 얻게 된다.

아내를 셋씩이나 얻었지만 단 한 명의 자식조차 없었다. 숱한 기대
와 실망 끝에 어렵사리 46살의 나이에 첫 딸을 얻었다. 남들은 딸을 낳

으면 실망을 한다지만 자신에게는 더없이 예쁘기만 하다. 이혼에 있을 때에 아마도 자식을 얻는 꿈을 꾸었던 것 같다. 그 뒤 신통하게도 딸을 낳고 귀한 아들도 둘이나 얻었다. 사연 없이 태어난 사람은 아무도 없다. 어렵게 얻었던 만큼 그의 자식 사랑은 남달랐다.

조관빈 초상 시복본

남들이 말한다. "딸 낳는 게 실수만은 아니니,　　人言生女未爲失

남의 집에 보내주어 아내를 삼아주고,　　送與人家男作室

딴 집에 딸 있으면 남에게 보내 주니,　　人家亦有女送人

그런데 내가 사내 낳을 날 없겠는가."　　而我生男豈無日

이 말이 농 같지만 참으로 이치 있으니,　　斯言似諧眞有理

외워 보면 내 입에서 저절로 나온 말 같네.　　誦之不啻如口出

하물며 지금에는 정역(征役)이 고달프니,　　況今征役日椎膚

어찌 꼭 딸은 흉하고 아들은 길하다 하랴.　　何必女凶男是吉

손수 국, 밥 갖고서 야윈 처에게 권하노니,　　手持羹飯勸瘦妻

야윈 처 그 말 듣고 한 번 활짝 웃어 주네.　　瘦妻聞之爲一咥

　　　… 하략 …

• 조긍섭(曺兢燮), 「8월 18일에 셋째 딸이 태어났다. 이 시를 써서 수봉에
게 보낸다(八月十八日, 第三女生. 題寄壽峰)」

　조긍섭이 문영박(文永樸, 1880~1930)[1]에게 준 시이다. 딸을 낳으면
남의 집에 보내게 되지만, 그 남의 집도 딸을 낳으면 다른 집에 딸을 보

---

1 문영박(文永樸, 1880~1930) : 독립운동가로 본관은 남평(南平)이다. 자는 장지(章之), 호
는 수봉(壽峯)이며 일명 박(樸)이라 불렸다. 영남의 거유(巨儒)로서 1919년부터 1931년 만주
사변이 일어날 때까지 전국 각지를 내왕하면서 군자금을 모금하여, 대한민국임시정부에 계속해
서 송달해 주어 임시정부를 크게 고무, 진작시켰다. 저서로는『수봉유고(壽峰遺稿)』·『산남징
신록(山南徵信錄)』등이 있다.

　　너보다 예쁜 꽃은 없단다

내게 된다. 그러니 언젠가 사내아이만 낳아서 다른 집 딸을 며느리로 맞으면 그뿐이다. 꼭 아들을 낳는 것이 좋을 것도 없다. 아들을 낳으면 정역(征役)에 이리저리 시달리게 된다. 그렇게 생각하면 딸을 셋이나 낳은 아쉬움도 좀 달래지는 것 같다. 산후조리 중인 아내에게 밥을 챙겨 주면서 이 이야기를 들려주며 상심한 아내를 다독인다. 그러나 끝내 그는 아들을 얻지는 못했다.

육
아
의

기
쁨

딸에 관한 작품은 어린 딸을 다룬 내용이 가장 많은 분량을 차지한다. 세상에 태어나 기쁨을 주었던 딸이 무럭무럭 자라 한창 예쁜 짓을 하며 재롱을 피운다. 이 시기에 어여쁜 모습은 아버지 입장에서도 꽤 인상적으로 기억이 되었다.

우환 뒤에 한가한 흥 처음으로 일어나서　　　　閒興初生憂患餘
시 읊고 술 마시니 유거에 걸맞구나.　　　　　一吟一酌稱幽居
늙은 아낸 쑥대 머리 빗질을 마치었고,　　　　老妻梳罷如蓬首
먼지 앉은 상에 가서 수호지 읽어본다.　　　　就閱塵床水滸書

• 김춘택(金春澤), 「산으로 돌아오자 곧장 어린 딸의 병이 심해져서 거의
　위급할 지경이 되었다가, 열흘이 넘어서야 병이 낫게 되었으니, 또 한바
　탕의 근심과 기쁨이었다. '술을 가져오라' 하고 이 시를 짓는다(還山則幼
　女病甚幾危. 彌旬得愈, 又是一憂喜矣. 命酒賦此)」

　김춘택은 2남 3녀를 두었다. 어린 딸이 갑작스레 병이 더쳐서 위급
하게 되었다. 열흘 동안이나 앓았다가 좀 회복할 기미를 보였다. 한바
탕 파도가 휩쓸 듯 위급한 일이 지나가자 술 한 잔 생각이 났던 모양이
다. 그제야 늙은 아내는 빗질할 정신도 없어 봉두난발이 된 머리를 손
질하였다. 자신도 한동안 책 읽을 정신도 없어서 며칠 동안 책상에 앉
지 못하다가, 다시 먼지 낀 책상에 앉아 수호지를 볼 여유도 생겼다.
아픈 딸아이 때문에 가슴이 철렁했다가 한 고비를 넘기자 일상으로 다
시 돌아가는 가족의 풍경을 그렸다.

　　　　　　　　　　　　　　　　너보다 예쁜 꽃은 없단다

신한평(申漢枰), 「자모육아(慈母育兒)」, 종이에 수묵담채, 23×31cm, 간송미술관

젖먹이 딸 옹알대나 말 안 되는데,　　　　　　乳女不成語

엄마 무릎 옆에서 뛰어 놀다가　　　　　　　跳戲母膝傍

갑자기 울다가는 다시 웃으며　　　　　　　忽然啼復笑

창틈 사이 햇빛에 달려가 안네.　　　　　　走抱隙日光

　• 신광수(申光洙),「장난치는 딸아이(戲女)」

　신광수는 5남 3녀를 두었다. 그는 딸아이의 재롱에 관한 시를 많이 남겼다. 아직 젖도 떼지 못하고 옹알이나 하는 어린 딸은 엄마 무릎에서 떨어질 줄 모른다. 항상 엄마 곁에서 폴짝폴짝 뛰어 놀다가 눈물을 뚝뚝 흘리기도 하고 다시 까르르 웃기도 한다. 창틈으로 들어오는 햇빛이 뭐가 그리 궁금한 지 달려가 안으려 애쓴다. 세상의 모든 것이 궁금한 딸과 딸의 모든 것이 예쁜 아빠의 모습이다.

너보다 예쁜 꽃은 없단다

나이 어린 딸아이 단옷날 되면	幼女端陽日
옥같은 살결 씻고 새 단장 했지.	新粧洗玉膚
붉은 모시 잘라서 치마 해입고,	裙裁紅苧布
푸른 창포 머리에 꽂았더랬지.	髻挿綠菖蒲
절을 익힐 때에는 단아하였고,	習拜徵端妙
술잔 올릴 땐 기쁜 표정 지었는데,	傳觴示悅愉
오늘 같은 단옷날 저녁때에는	如今懸艾夕
손 안의 구슬 누가 만져줄텐가.	誰弄掌中珠

　• 정약용(丁若鏞), 「어린 딸을 생각함(憶幼女)」

이 시는 1801년에 지어졌다. 이 해는 특히나 다산에게는 고통스러운 해로 기억될 만하다. 그는 1801년 2월 9일에 옥에 갇혔고, 3월에는 경상북도 포항 장기로 유배되었다. 어디 그뿐인가. 둘째형 약전은 신지도에 유배되었고, 셋째 형 약종은 옥사하였다. 11월에는 전라남도 강진에 이배되었다.

어느 날이던가. 단옷날에 딸아이는 깨끗이 씻고 단장을 했다. 옷이며 머리며 어디하나 예쁘지 않은 구석이 없었다. 붉은색과 푸른색을 색채적으로 대비시켜 어리고 예쁜 딸을 생생하게 표현했다. 절하는 방법을 배울 때에는 제법 단아함도 엿보이고, 술잔을 올릴 때에는 애교도 부렸다. 여기서 현애석(懸艾夕)은 단옷날 저녁을, 장중주(掌中珠)는 어린 딸을 가리킨다. 지금은 유배지에서 단옷날을 맞아 그 옛날처럼

딸아이를 어루만져 줄 수도 없다. 아이가 재롱 떠는 것도 잠깐이다. 유
년기는 순식간에 지나간다. 다산은 딸아이의 재롱을 더 이상 가까이에
서 볼 수 없었다. 다산은 1818년에야 해배되었다.

딸아이 총명하여 젖을 막 떼자마자,　　　　　　　女兒聰慧纔離乳

붉은 치마만 좋아하여 입고서 아양떠네.　　　　　愛着朱裳只戲嬉

웃으며 해당화 꽃 한 송이 따다가는　　　　　　　笑摘海棠花一點

연지처럼 곱디 고운 이마에 붙이누나.　　　　　　自塗嬌額比臙脂

• 박순(朴淳), 「딸아이가 꽃을 가지고 놀기에 장난삼아 쓰다(觀女兒弄花, 戲題)」

　박순은 외동딸 하나 밖에 없었으니 각별한 정은 미루어 짐작할 수 있다. 젖을 뗀 직후인데 영특하게도 아이가 좋아하는 것이 뚜렷하였다. 붉은 치마만 좋아하여 그것을 입고는 아빠 앞에서 아양을 떨었다. 지금으로 말하자면 핑크빛에 열광하는 핑크공주였던 모양이다. 그걸로는 부족했던지 분홍빛 해당화 한 송이를 가져와서 연지처럼 이마에 꼭 붙였다. 붉은 색 치마와 분홍색 해당화, 그리고 고운 얼굴에 빨갛게 물든 해당화 연지까지 절묘하게 어우러졌다. 딸아이가 귀여워서 어쩔 줄 몰라 하는 아버지의 모습이 눈에 선하다.

딸아이 처음으로 말 배우는데　　　　　　　　女兒始學語

꽃 꺾고선 그것을 즐거워하네.　　　　　　　折花以爲娛

웃음 띠며 부모에게 물어보는 말,　　　　　　含笑問爺孃

"제 얼굴이 꽃하고 비슷한가요?"　　　　　　女顏花似無

• 신정(申晸), 「어린 딸이 꽃을 꺾어 가지고 기쁘게 노는 것을 보고서 짓다
　(見稚女折花爲戱喜而有作)」

　신정(申晸)은 어린 딸에 대한 감정이 남달랐었는지 여러 편의 시를
남겼다. 이 시는 51세 때 지은 작품이다. 아직 말도 서툰 어린 딸은 꽃
을 따와서 즐거워 어쩔 줄을 모른다. 그러고는 배시시 웃으면서 부모
에게 다가와 "엄마 아빠, 제가 꽃처럼 예뻐요?" 하고 묻는다. 부모에
게 꽃보다 예쁘지 않은 딸은 아무도 없다.

상 앞에서 놀던 모습 생각해 보니	念爾牀前戲
꽃 보는 것 최고로 좋아했었지.	看花最是歡
하늘가에 마침 꽃이 한창 좋지만	天涯花正好
꺾어본들 뉘에게 부쳐 보이랴.	攀折寄誰看

- 신정(申晸), 「석류꽃을 보고서 세 살짜리 딸아이를 생각하다(對榴花憶三 歲女兒)」

이 시는 신정의 나이 43세 때 지어진 것이다. 딸이 한창 재롱부릴 때에 피치못할 사정으로 떨어져 있다면, 딸의 모습이 자꾸 눈에 밟힐 수밖에 없다. 딸아이는 언제나 꽃을 좋아해서 가지고 놀기를 즐겨했다. 머리에 꽂기도 하고, 얼굴에 붙이기도 하며, 누가 꽃보다 예쁘냐고 묻기도 했을 것이다. 먼 곳에서 딸아이가 그리 좋아하던 꽃을 바라보니 딸아이 생각이 더욱 간절하다. 당장 꺾어서 손에 쥐여주어 그 환한 모습을 보고 싶기도 했을 것이다. 그런데 꽃을 꺾는대도 딸아이에게 전해줄 방도가 없다. 딸에 대한 그리움에 몸살을 앓는 아버지의 마음이 보인다.

딸내미가 이제는 네 댓살인데 　　　　　　　女兒四五歲
얼굴빛이 꽃처럼 아름답구나. 　　　　　　顔色嬌如花
딸내미가 올 때만 기다렸는데, 　　　　　　佇見東風至
나는 어쩨 서쪽에 지는 해일까. 　　　　　　奈玆西日斜

• 신정(申晸), 「네 살 먹은 딸아이가 종이쪽지를 가져와서 시를 써 달라 해
　서(四歲女兒持牋乞詩)」

　가장 귀여운 나이인 딸아이는 꽃처럼 예쁘다. 늦게 본 아이여서 더
더욱 마음이 쓰인다. 예쁘다가도 마냥 예뻐할 수만 없이 까닭 모를 서
러움이 밀려온다. 동풍(東風)과 서일(西日)은 꽃다운 나이의 아이와 초
로의 아버지를 대비한 말이다. 언제까지 이 아이를 지켜볼 수 있을까.
한숨이 휴하고 절로 나온다.

딸아이 태어난 지 일곱 해 지났으니,   今歲渠生已七年

문 밖에 나다니면 이제는 아니되리.   不宜遊戲出門前

까마귀 보면 창에다 먹칠하던 일 생각나고,   瞻鴉每想塗窓墨

고사리 보면 밤을 줍던 작은 손 떠오르네.   對蕨翻思覓栗拳

엄마 따라 새벽 단장 아직은 서툴겠지.   學母曉粧應未慣

아빠 찾아 밤에 운들 살펴줄 이 뉘 있으랴.   呼爺夜哭竟誰憐

기다리렴. 늙은 아빠 집에 가는 날이 되면,   唯當老子還家日

옷을 다 벗기 전에 널 먼저 안아 주리.   未脫征衣抱爾先

• 조위한(趙緯韓), 「딸자식을 생각하며(憶女兒)」

　임진왜란 때 피란길에서 첫 번째 딸을 잃었다. 1597년에는 첫째 부인 남양홍씨(南陽洪氏)와 사별하였으며, 1600년에는 진천송씨(鎭川宋氏)와 재혼하여 이듬해 딸을 낳았지만 이마저도 4살 때 요절한다. 그 뒤 1605년과 1609년에 두 딸을 얻게 된다. 이 시의 주인공은 아마도 뒤에 얻은 두 딸 중 하나로 보인다.

　딸아이가 제법 자라 7살이 되어서 서서히 규수의 수업을 배워야 하니, 나가 노는 것도 삼가야 한다. 그렇게 애지중지하던 딸을 볼 수 없게 되자 눈에 아른거려 견딜 수가 없다. 까마귀만 볼라치면 벽에다 마구 먹장난을 칠했던 일이 떠오르고, 고사리만 보아도 밤을 달라고 보채던 그 아이의 손이 떠오른다. 엄마의 화장을 흉내 내서 얼굴을 도화지 삼아 단장하지만 이리삐뚤 저리삐뚤 서툴기 짝이 없고, 집에 없는 아빠를 찾아 울어도 자신처럼 살갑게 보듬어 줄 사람이 없을 터이다. 집에 돌아가게 되면 옷을 벗을 겨를도 없이 딸아이를 가장 먼저 안고 싶다고 했다.

그는 여러 자식을 앞세웠던 참척의 아픔을 겪었다. 그 뒤에 어렵사리 소중한 자식을 다시 얻었다. 그는 전란의 체험을 담은『최척전(崔陟傳)』을 썼다. 이 책의 결말에서 전란에 뿔뿔이 흩어졌던 가족들이 한자리에 다시 모여 온전한 가정을 이룬다. 그는 가슴에 묻은 자식이나, 내 옆에 살아 있는 자식이 모두 한자리에 모여서 도란도란 이야기를 나누고 싶다는 이루지 못할 희망을 끝까지 꿈꾸었던 것은 아닐까.

어린 딸은 흰 머리가 많은 게 안됐는지   幼女憐吾白髮多

보는 대로 뽑아주나 금세 또 다시 나네.   纔看鑷去忽生俄

시름 속에 늙는 일을 막지 못함 잘 알지만,   極知無益愁中老

거울 속의 흰 머리에 놀라는 일 면하누나.   且免斗驚鏡裏皤

이따금 시작된 인연은 누가 시킨 것이랴만.   種種始緣誰所使

빠르게 차츰 이르니 어찌할 도리 없네.   駸駸漸至末如何

검은 머리 뽑지 말라 할 때 마다 당부하지만 鋤根每戒傷嘉穀

공연스레 늙은이 될까 봐서 걱정하네.   猶恐公然作一婆

• 윤기(尹愭), 「어린 딸아이가 내 흰 머리를 족집게로 뽑아 주므로 생각나
는 대로 읊다(幼女鑷白髮謾吟)」

이 시는 윤기의 나이 47세 때인 1787년 겨울에 지은 것이다. 나이 어린 딸은 아빠의 흰 머리에 마음이 쓰였다. 흰 머리가 보이기만 하면 득달같이 어디선가 족집게를 들고와서 머리를 뽑아준다 야단이다. 그렇지만 뽑아도 자꾸만 새로 흰머리가 나온다. 늙는다는 것이 서글 픈 일임에 분명해도 순명을 해야 한다. 하지만 거울 속에 비친 흰머리 를 보고는 흠칫 놀라서 뽑아야겠다고 다짐했다. 무슨 까닭으로 흰 머 리가 생기는 줄 모르겠으나, 흰 머리를 뽑아내는 속도보다 흰 머리가 생기는 속도가 더 빠르다. 다만 딸아이가 아빠를 걱정하는 고마운 마 음은 알겠지만, 그나마 몇 가닥 남지 않은 검은 머리를 잘못 뽑지 않 을까 걱정이다. 흰머리를 뽑는다고 늙는 속도가 어찌 늦춰지겠는가

마는, 그래도 아빠에 대한 그 마음이 고마워 딸아이에게 머리를 맡겨
둔다.

너보다 예쁜 꽃은 없단다

손수 심은 매화나무 10년이 되가는데　　　　　　手種梅花近十年

지금 꽃이 두루 피워 눈(雪)과 고움 다투누나.　　如今開遍雪爭姸

딸들이 시끌벅적 비녀로 다퉈 꽂아,　　　　　　紛紛兒女爭簪髻

많은 가지 다 꺾어도 가련하지 않는구나.　　　　折盡繁枝不自憐

* 소세양(蘇世讓),「뜰에 있는 매화가 늦게 피었다. 딸들이 다투어 꺾어다

　가 비녀 삼아 꽂아서 하루 저녁 사이에 거의 다 사라졌다(庭梅晚開. 兒女

　爭折簪之, 一夕殆盡)」

　소세양은 3남 3녀를 두었다. 자신이 직접 심은 10년 된 매화나무가
있었다. 꽃이 활짝 피운 모양이 눈보다 더 아름답기만 했다. 그러나 딸
들이 비녀 삼아 쓰려고 매화 가지를 꺾느라 한바탕 소란이 일어나서
성한 매화 가지가 없을 지경이다. 10년 키운 매화나무가 무슨 대수겠
나. 딸아이들 머리에 매화꽃이 활짝 피어 있는데.

딸아이가 방금 막 말을 배워서　　　　　　兒女方學語
문에 들면 아빠 먼저 알아 보누나.　　　　入門先識翁
딸애에게 무엇을 먹일 것인가?　　　　　　唉兒以何物
주머니에서 산 과실 꺼내 놓았지.　　　　山果出囊中

• 정민교(鄭敏僑), 「딸아이(兒女)」

　그는 외동딸 하나 만을 두었다. 딸아이는 지금 막 말을 배우고 있는
참이다. 아빠가 문에 들어설라치면 벌써 알아보고 "아빠" 소리치며
달려온다. 그럴 줄 알고 미리 산속 과실 하나를 따서 주머니 속에 넣어
왔었다. 아이에게 줄 설렘을 담고 가져와서 아이에게 꺼내 놓았다. 산
과일을 맛있게 먹을 딸애와 그것을 흐뭇하게 볼 아빠의 정경이 아름
답다.

　　　　　　　　　　　　　　　너보다 예쁜 꽃은 없단다

어린 딸 상머리에서 울다가 얘기하길   少女牀頭泣且語
"남들 모두 섣달에는 다투어 방아쩌요"   人皆迎臘競春杵
딸애 위로하며 "떡 없다고 탄식 마렴.   慰兒莫歎無春糕
너 위해 거문고 타서 방아소리 화답 할게"   爲汝皷琴和作杵

- 김서일(金瑞一), 「섣달 그믐달 밤에 어린 딸이 비웃는 말을 하는 것을 듣
  고서(除夜聞少女語戲嘲)」

어린 딸은 울다가 하소연한다. 집집마다 새해를 맞아 떡을 만드는
방아질 소리에 분주한데 왜 우리 집만 아무 것도 준비하지 않느냐며
떼를 쓴다. 말문이 막힌 아버지는 떡은 없지만 내가 너를 위해서 거문
고로 방아소리를 타 줄 것이라고 답을 한다. 아무 것도 해 줄 수 없는
아버지는 무엇이라도 해 줄 수 있는 아버지 보다 슬프다. 뭐라도 해야
겠기에 거문고를 연주한다. 떡을 딸아이에게 언젠가 배 터지게 먹여
줄 그날을 꿈꾸면서……

넌 우리 집의 여섯째딸인데,　　　　　　爾是貧家第六女

크게 버릇없어도 무슨 상관있으랴.　　　有何關係太驕橫

매번 아이 주리고 추울까 봐 마음 아파서　只緣每軫飢寒念

돌보고 길러주는 정을 특별히 더했었지.　未免偏加顧育情

넌 지극한 사랑 믿고 항상 득의양양하고,　渠恃至慈常自得

난 너의 총명함 어여뻐서 여생을 위로받네.　吾憐聰慧慰餘生

새벽 이불에서 아빠 엄마 불러 깨워,　　曉衾喚起爺孃睡

지은 시 달라고 웃으며 찾으니 시 더욱 맑아졌네.　笑索題詩語韻淸

• 조비(趙備), 「장난삼아서 막내딸에게 주다(戲贈末女)」

조비는 2남 6녀를 두었다. 그중 막내인 여섯째딸은 천방지축 마구 투정을 부린다. 그러나 크게 버릇없다고 해도 무에 그리 신경 쓸 것이 있겠는가. 행여나 배고프거나 춥지나 않을까 걱정이 되어서 더욱 사랑을 듬뿍 쏟게 된다. 딸아이는 부모의 이러한 사랑을 믿고서 언제나 의기양양하다. 그래도 총명한 딸아이가 예뻐서 살아가는 큰 재미가 되니 그렇게 탓하고 싶은 마음도 없다. 잘 자다가 새벽에 엄마 아빠 큰 소리로 불러 깨워서는 아빠가 쓰고 있던 시를 보여 달라 보챈다. 딸의 이러한 장면을 시 속에 넣으니 딸애의 천진함과 가정의 단란함이 더 드러나고 그래서 시운(詩韻)도 맑아지게 되었다. 버릇없는 막내딸이 마냥 예쁘기만 한 부모의 심정을 담았다.

가난한 벼슬 갑자기 봉급 끊기니　　　　　　　貧仕忽停俸

한 달이 다 가도록 의지할 곳 없었네.　　　　竟月無所藉

사흘 동안 밥 짓지 못하였으나,　　　　　　　三日斷炊烹

이웃들 꾸어주려 하지 않누나.　　　　　　　四隣不貸假

늙은 아낸 흰 머리 긁적대면서,　　　　　　　老妻搔白首

첫새벽에 친정으로 달려갔었지.　　　　　　　淸晨走親舍

방문 닫고 홀로 길이 탄식을 하니,　　　　　閉戶獨長歎

딸아이 마주 대할 면목이 없네.　　　　　　　無面對女姹

소금과 염교가 이미 떨어졌는데,　　　　　　塩薤已不繼

더군다나 술값을 논하겠는가.　　　　　　　況復論酒價

알 수 없지만 타관의 주인장께선　　　　　　不知僑舍主

무슨 정이 그리도 넘쳐 흘러서　　　　　　　有何情輹寫

종놈 보내 부지런히 위문 했으니,　　　　　遣奴勤致問

술병이 가득 차 쓰러지려고 하네.　　　　　酒壺盈欲亞

다만 어찌 게걸들린 사람이,　　　　　　　　顧豈饞貪人

술병 따면서 감사 인사를 하랴.　　　　　　開酌不及謝

한 잔을 마시자 석 잔 마시게 되니　　　　　一酌到三酌

몸과 정신 갑자기 친해졌도다.[2]　　　　　形與神親乍

---

2 도연명의 「형영신(形影神) 3수」에서 사람의 형체와 그림자, 정신을 나누어 말하였다.

이제야 알겠구나. 나의 손은   始覺吾人手

술잔을 놓기가 어렵다는 걸.   酒杯難放下

만약에 날마다 술 한 병만 있다면,   假如日一壺

밥 없어도 불평을 하지 않으리.   無食亦不吒

아이들이 굶주린들 걱정할 것 무어냐. 兒飢何足憂

취해서 곯아 떨어져 이 밤을 마치려네. 醉睡終今夜

- 신유(申濡), 「새 봄에 집의 쌀이 다 떨어져서 사흘을 연거푸 밥짓는 불이
  끊어졌다. 집사람이 걱정을 참지 못하다가 일찍 일어나서 자기 친정집으
  로 갔다. 홀로 어린 딸과 마주 앉았으니, 마음이 무료했는데 옛날 객관의
  주인이 갑자기 술병을 보내 위로하여 왔다. 매우 기뻐서 곧바로 술병을
  열어서 몇 잔을 마시고 아이에게 붓을 가지고 오라 해서 갑자기 한 편의
  시를 지어서 초암[3]에게 보내서 보인다(新春家匱甚, 比三日絶火. 室人不堪
  愁苦, 早起往親舍. 獨與小女對坐, 意思無聊, 舊時僑舍主人. 忽以酒壺致問,
  喜極卽開進數杯, 命兒持筆, 率爾作一篇, 投示初菴)」

봉급이 뚝 끊겨 쌀이 떨어져서 3일이나 되어 밥을 굶을 지경이었다.
아내는 견디다 못해 새벽에 친정집으로 돈을 꾸러 갔다. 딸아이와 얼

---

3 초암(初菴): 신혼(申混, 1624∼1656)의 호이다. 조선 중기의 문신·화가. 본관 고령(高靈).
자 원택(元澤). 호 초암(初庵·草庵). 1644년 문과에 급제, 1650년 봉교(奉敎), 이어 정언(正
言)·수찬(修撰)을 역임한 뒤 1654년 안주 교수(安州敎授)가 되었다. 문명(文名)이 높았고
그림에도 뛰어났다. 문집에 『초암집』이 있다.

굴을 마주해 있는 것이 못내 민망하기만 하다. 아빠의 무능력함을 들킨 것 같아 여간 창피하지 않다. 이럴 때 그저 술 한 잔 생각이 간절하지만 양식도 떨어진 마당에 엄감생신 술은 꿈도 꾸지 못했다. 그런데 구세주처럼 옛날 객관의 주인이 종놈에게 술을 보내왔다. 감사인사도 할 새 없이 술을 연거푸 마셨다. 아이들이 굶주리는 것 걱정해 봐야 무얼 하겠냐며 취해 곯아떨어지겠다고 했다. 가족을 위해 아무 것도 할 수 없는 무기력한 가장의 슬픈 마음이 읽힌다.

어여쁜 음성, 모습 옥설처럼 향기 나는데　　　　婉孌音容玉雪香
눈 안에 어렴풋해 정령 잊기 어렵구나.　　　　　眼中依黯最難忘
인편에 금비녀를 사 주어서 보냈으니　　　　　　前便買寄金釵去
이웃집 젊은 여자 보란듯이 자랑하리.　　　　　應向隣家誇小娘

• 손명래(孫命來),「어린 딸을 생각하다(思小女)」

　어떤 이유인지 확인할 수는 없지만 아빠는 딸과 떨어져 있었다. 평소 어린 딸의 모습이나 목소리는 예쁘기 짝이 없었다. 자꾸만 눈에 밟혀서 잊으래야 잊기 힘들다. 직접 집에 갈 형편은 되지 못하니 인편으로 금비녀를 사서 보냈다. 아쉬운 마음을 이렇게라도 달래고 싶었던 모양이다. 아마 딸은 금비녀를 받아 들고 이웃집 친구에게 아빠가 사서 보내셨다고 자랑을 할 것만 같다. 객지에서 딸을 그리워하는 아빠의 마음이 잘 표현된 시이다.

너보다 예쁜 꽃은 없단다

금오랑으로 두 밤 숙직을 하고,　　　　　　二夜金吾直

야윈 말로 눈 밟고 돌아왔었네.　　　　　　羸驂踏雪廻

딸아이가 아빠 맘 알 수 있어서　　　　　　嬌兒能解意

맞아주며 "매화가 피었어요" 하네.　　　　　迎報小梅開

* 조정만(趙正萬), 「섣달 이틀 전에 금오랑의 업무 마치고 돌아오니, 네 살
된 딸아이가 돌아온 나를 맞이하며 "매화가 꽃이 폈어요"라고 알려주기
에 웃으면서 이 시를 지었다. 정축년이다(臘前二日自金吾歸, 四歲女兒迎
報梅花之開, 笑而賦之, 丁丑)」

금오랑(金吾郞)은 의금부(義禁府) 도사(都事)를 말한다. 1694년 39세
때에 의금부 도사가 되었으니, 그 언간에 지어진 것으로 보인다. 이틀
이나 숙직을 해서 가뜩이나 무거운 몸인데 눈까지 내려 길이 험했다.
야윈 말을 재촉해서 집에 왔더니 어린 딸아이가 그런 아빠의 맘을 풀
어 주려는 듯이 "아빠 매화가 꽃이 폈어요" 한다. 아이의 재롱에 숙직
의 피로도 험한 길의 고생도 한방에 모두 해결이 되었다.

어린 딸이 새롭게 병 앓았으니　　　　少女新經恙
평소에 가장 사랑하는 애였네.　　　　平生最所嬌
편지 와서 소식을 막 듣게 되니,　　　書來初得信
내 혼은 떠나가서 다시 부르기 어렵네.　魂去政難招
기러기 한 마리 푸른 하늘을 헤매고　　一鴈靑天濶
물고기 한 쌍은 푸른 바다 멀리에 있네.　霙魚碧海遙
먼데서의 생각은 꿈에서만 있으리니,　遠思唯有夢
혼자 자는데 밤만 깊어 가누나.　　　　孤枕夜迢迢

• 이하진(李夏鎭), 「어린 딸의 소식을 듣고(得少女消息)」

　평소 가장 예뻐하던 딸아이가 아프다는 연락을 방금 받으니 정신이 쏙 나갈 지경이다. 당장이라도 달려가고 싶지만 사정이 여의치 않다. 한 마리 기러기는 가족을 떠나 있는 자신을, 한 쌍의 물고기는 집에 있는 엄마와 딸을 말하는 것으로 보인다. 꿈에서라도 얼굴을 본다면 좋으련만 자꾸만 아픈 딸이 마음에 쓰여 이리저리 몸을 뒤척이며 잠을 설친다. 객지에서 아픈 딸 소식을 들은 아버지의 심정이 잘 드러난 시이다.

어미 좇는 저 아이 사랑스러운데,　　　　　　　仰母憐渠小

살 집 없는 내 소홀함 탄식하누나.　　　　　　靡家歎我疎

빗소리 속에 묵묵히 앉아 있으니　　　　　　　默坐雨聲裏

온갖 시름 봄풀처럼 자라나누나.　　　　　　　百憂春草如

● 윤기(尹愭),「비오는 날에 홀로 앉아서 어린 딸이 상 앞에서 노는 것을 보
면서(雨中獨坐 見幼女戲於床前)」

1763년 봄날에 양근에 도착한 후의 작품으로 보인다. 이때 윤기의
나이 23세였다. 사랑스럽기만 한 아이는 빗속에 아무런 근심 없이 놀
고 있다. 그러나 젊은 아빠는 살 집도 마련하지 못해 근심만 가득할 수
밖에 없다. 빗속에 근심이 봄풀처럼 자란다는 표현이 무척이나 인상적
이다. 천진하게 놀고 있는 아이와, 근심으로 얼룩진 젊은 아빠의 모습
이 무척이나 대조적으로 그려져 있다.

●

동글동글 붉은 열매 광주리 가득 담았으니,

쩔뚝대며 파해(跛奚)처럼 일하는 딸에게 크게 부끄럽네.

비 내린 섬돌에 앉아서 생각하니 앵도가 떨어져 쌓인 건,

병아리가 맛보도록 내버려 두었으리.

朱宲匀圓瀉一筐　蹣跚遠愧跛奚將

滴階坐想堆崖蜜　一任鷄兒啄得嘗

• 이홍남(李洪男), 「어린 딸이 집 동산의 앵도를 따서 보내오다(幼女摘送家園櫻桃)」

어린 딸은 앵두를 광주리 가득 따서 보내왔다. 파해(跛奚)는 황정견의 「파해이문(跛奚移文)」에서 유래한다. 황정견의 여동생 아통(阿通)이 시집갔을 때 시비(侍婢)를 두었는데 그의 이름이 파해였는데 그녀는 절뚝대고 일을 못했다. 어린 딸의 아직 엉성하고 거친 일처리를 파해에 빗댔다. 애밀(崖蜜)은 앵도의 별칭이다. 동산에는 아직도 수습하지 못한 앵두가 고스란히 쌓여 있었다. 딸이 아직 어려서 꼼꼼하게 앵도를 다 처리하지는 못했을 것이다. 아빠는 아이의 이런 귀여운 실수를 병아리가 맛보도록 내버려 두었을 것이라 생각한다.

나흘 만에 한 차례 집에 가는데　　　　　四日一歸家

늦은 귀가 날마다 해가 질 무렵.　　　　歸晏日常晡

문에 들자 하인들을 해산시키고　　　　入門散徒隷

말 매고 푸른 꼴을 먹게 하였네.　　　　繫馬秣靑芻

어린 자식 가끔씩 나를 보더니　　　　　稚子見我稀

오려다간 다시금 머뭇거리네.　　　　　欲來復蹰躇

배로 기어 제 어미를 향해 가는데　　　匍匐向其母

얼른 보니 영락없는 두꺼비였네.　　　　忽顧如蟾蜍

작은 딸은 나이 이제 일곱 살이고　　　小女年始七

큰 딸은 열 살 남짓 들어버렸네.　　　　長女十歲餘

다퉈 와서 저녁밥을 권하더니만　　　　爭來勸盤飧

무릎에 둘러 앉아 다시 옷깃 당기네.　繞膝復挽裾

흡사 마치 옛 도장 손잡이 위에　　　　恰如古印鈕

새끼 사자 여러 마리 묶어 놓은 듯.　　蟠結衆獅雛

예전에 어머님이 살아 계실 때　　　　伊昔母在堂

내가 처음으로 첫 번째 딸을 낳았네.　余始生女初

끌어 줘도 걸음을 못 떼더니만　　　　提挈未移步

어떤 때는 저 홀로 똑바로 섰네.　　　　有時立不扶

사람마다 기이하다 자랑하시며　　　　逢人詑奇事

세상에 어떤 것도 없는 듯했네.　　　　有若世間無

손주 하나 기뻐하심도 이러했는데　　一孫喜尙爾

이 모습 보신다면 어쩌하실까.[4]　　　　　　　　　見此當如何

　　… 하략 …　　　　　　　　　　　　　　　… 하략 …

• 박제가(朴齊家), 「숙직을 마치고 나오다(出直)」

　박제가는 3남 2녀를 두었는데 그중 두 딸이 이 시의 주인공이다. 박제가가 숙직을 마치고 집으로 돌아와서 반갑게 딸들과 만난다. 아이들이 나흘 만에 보는 아버지가 낯설어 쭈뼛쭈뼛하다가, 엉금엉금 기어서 제 어미에게 가는 모습이 흡사 두꺼비 같다고 했다. 조금 낯을 익히자 두 딸이 서로 경쟁하듯 저녁밥을 권하더니 무릎을 차지하고 앉아서 옷깃을 당기기 시작한다. 그러한 모습을 도장 손잡이 위에 새끼 사자가 서려 있는 것 같다고 재치있게 표현했다. 생전에 첫 손녀딸을 그렇게 예뻐하셨던 어머니가 이 모습을 보셨으면 어땠을까 하는 안타깝고 슬픈 마음을 담아냈다.

---

4 번역은 정민 외, 『정유각집』, 돌베개, 2010, 376쪽 참조.

　　　　　　　　　　　　　　　　　너보다 예쁜 꽃은 없단다

부모가 일찌감치 가르쳤는데,　　　　　　　　父母敎訓早

총명한 네 품성도 들어맞았네.　　　　　　　聰明爾性然

다만 바라는 것은 병이 없어서　　　　　　　但願無災疾

마침내 온갖 복을 싹 다 받기를　　　　　　　終膺百福全

• 민유중(閔維重), 「딸아이를 위해 짓다(爲女兒作)」

　인현왕후(仁顯王后)의 아버지이기도 한 민유중은 여러 명의 자식을 두었다. 여기에 나오는 딸은 누구인지 분명치 않다. 딸아이는 어릴 때부터 똑똑하고 총명해서 가르치는 대로 그대로 척척 따랐다. 총명해서 재주가 좋은 것이야 부모라면 누구나 바라는 일이지만 그것보다 더 바라는 일은 아이의 건강이다. 튼튼한 몸으로 세상의 행복한 일만 딸에게 가득하기를 기원했다. 70년대 중반 광고 카피에 "개구쟁이라도 좋다. 튼튼하게만 자라다오."가 연상된다.

홀로 암자에 누었으니 한밤중에 적막한데,   獨臥溪菴夜寂寥
베개에서 시름 겹게 주적주적 빗소리 듣네.   枕邊愁聽雨蕭蕭
사랑하는 인연 얽혀 풀기가 어려워서,   愛緣糾結也難解
마음은 날리는 깃발 같아 늘 절로 흔들리네.   心似風旌常自搖

- 유의건(柳宜健), 「2월 초 9일 밤에 누워서 시를 읊는다. 이때 막내딸이 앓
  고 난 뒤에도 계속 아파 누워 있다고 한다(二月初九日 夜臥吟懷 時季女病
  後沉綿云)」

  혼자 시냇가에 있는 암자에 누워 있자니 한밤중이라 사방이 고요하
기만 하다. 잠을 청하려 베개에 누워 있지만 잠은 쉽게 오지 않는다.
게다가 겨울비까지 내리니 마음은 더 가라앉았다. 딸은 병을 앓고 난
뒤에도 여전히 자리를 쉽게 털고 나오지 못하고 있단다. 부녀간의 정
은 말로 표현할 수 없게 단단히 연결되어 있으니, 딸을 걱정하는 마음
은 마치 바람 속에 깃발처럼 계속 흔들리고 있다. 어떤 사랑도 상대에
게 민감하게 반응하지 않는 사랑이란 없다. 그러나 부모는 자식의 곁
을 떠나는 순간까지 자식의 일에 이처럼 민감하게 반응하는 법이다.
민감한 반응의 지속성을 놓고 본다면 부모가 자식을 향한 것보다 더
심한 것은 아무 것도 없다. 자식은 제 몫의 삶만 살면 그뿐이지만, 부
모는 자신의 삶과 자식의 삶 모두를 평생 껴안아야 한다. 병석에 누워
있는 딸에 대한 아빠의 걱정이 잘 드러난 시이다.

나에게 외동딸 하나가 있다. 제 어머니를 따라서 외갓집에서 자라고 있다. 올 가을에 와서 보니 이제 네 살이었다. 만나지 못한 것이 7~8개월 동안이었는데도 그 아버지가 아버지인 줄을 알아보고서 아버지라 부르면서 따라 다녔다. 옛날에 '양지(良知)'라는 말이 있었으니, 믿을 만한 말이었다. 정을 다 쏟을 수 있는 것을 시로 쓰다.

余有女子子一人. 隨母養於外氏. 今秋來視, 方四歲, 不見七八月, 能知其父爲父, 呼父而從之. 古云良知者信矣. 情之所鍾, 書以爲詩.

내 나이 스물 세 살 되었을 때에	我年二十三
처음으로 딸아이 하나 두었네.	始有一女子
얼굴은 어찌 그리 어여쁘던가.	眉目何婉孌
모습은 나서부터 아름다웠네.	容色生而美
지금 겨우 네 살이 되었는데도	至今財四歲
말 배워서 "예"라고 대답할 수가 있네.	學語能諾唯
이미 부모 사랑할 줄 알고 있으니	已知親可愛
정은 실로 천리(天理)에서 말미암는 것이네.	情實由天理
올 여름에 독한 병에 걸리었는데,	玆夏遘毒疹
하늘에서 도우사 죽지 않았네.	天幸得無死
나는 이때 서경에 객거(客居)했는데,	我時客西京
병중에도 계속해서 생각이 났네.	病中思不已
"아버지는 언제나 오시나요" 물으며,	問父何日至

요에 누웠다 벌떡 일어났으리.   臥褥忽復起

7월달 몹시도 찌는 더위에   七月苦炎熱

말을 달려 급하게 와서 보았네.   策馬疾來視

깊은 근심에 살 빠지는 것 같았는데,   深憂肌肉銷

병이 나으니 꽤나 기쁘게 됐네.   病已頗爲喜

그 애를 끌어다 무릎 위에 놓으니   携之置膝上

떠나갈 듯 울어도 안 시끄럽네.   叫啼不聒耳

세상에선 딸 낳는 일 낮추어보니   世不重生女

급한 일엔 시킬 만한 것 없어서이네.   緩急無可使

내가 남자와 여자를 이를 때에는   我謂男與女

남녀 따지는 것을 용납치 않네.   不容有此彼

아들 낳아도 만일 재주 없다면   生男苟不才

세상 뜰 때 제사가 뚝 끊어지고   身亡殄其祀

딸 낳으면 도리어 좋은 일되니   生女反爲好

제영(緹縈)[5]과 목란(木蘭)이 이들이네.   緹縈木蘭是

더구나 이 사랑하는 마음은   況此慈愛心

일찍이 조금도 다르지 않네.   不曾毫芒異

---

5 제영(緹縈): 한 문제(漢文帝) 때 태창령(太倉令)인 순우공(淳于公)의 딸. 아버지가 사형(死刑)을 받게 되자 관비(官婢)로 들어가, 아버지의 죄를 속죄하겠다고 '지척지문(咫尺之文)'을 올리니, 임금이 그 뜻을 동정하여 사형을 감해 주었다. 제영구부(緹縈救父). 『열녀전(烈女傳)』

너보다 예쁜 꽃은 없단다

나의 고복[6]하는 정을 가지고	以我顧復情
우리 부모 생각을 알 수 있었네.	益知吾親意
서릿 바람에 날씨 이미 싸늘해졌으니	霜風日已凄
추위 속에 나뭇잎 떨어지누나.	天寒木葉墜
깃들었던 제비는 돌아가는 날개 떨고,	巢燕拂歸羽
예쁜 국화 새 꽃술 단장하였네.	秀菊靚新蘂
멀리서 알겠네 율리(栗里)의 문에서	遙知栗里門
흰 머리로 저물녘에 기대 있음을	鶴髮暝暝倚
돌아가고픈 마음 여강과 같아	歸心似驪江
밤낮으로 한수로 달려가누나.	日夜奔漢水
가는 길에 널 두고 떠나게 되니	行當捨汝去
이별함이 참으로 쉽지 않구나.	別思良不易
너만 탈없이 지내게 할 수 있다면	但使得無恙
이별함에 어찌 탄식할 것 있으랴.	乖濶詎足喟

• 정기안(鄭基安, 1695~1767), 「어린 딸(幼女)」

　　23살에 얻은 딸아이는 벌써 4살이 되었다. 아이는 제 어미와 함께 처가에서 자라 7~8개월이나 만나지 못했다. 그러나 아버지를 보자마자 제 아버지인 줄을 알고서 따르니 기특한 마음에 이 시를 썼다. 딸아

---

6 고복(顧復) : 양육 보호하기에 반복하여 두루 돌보는 것.

이는 여름에 병에 걸려 위중한 지경에 이르렀다. 그래서 헐레벌떡 달려와 보았더니 아이는 다행히도 회복 되었다. 남들은 아들이니 딸이니 따진다 하지만 자신에게 그저 소중한 아이다. 아이를 키우다 보니 부모님 생각이 더 간절해진다. 자신은 아이를 보러 여기에 있다지만 자신의 부모는 또 자신을 기다리고 있을 것이다. 아이를 놓고 떠나는 마음이 무겁고 힘들지만 아이에게 아무런 탈만 없다면 조금은 마음에 위안이 될 것 같다. 그렇지만 아이는 불행히도 12살에 세상을 떠나 정기안은 「哭十二歲殤女文」을 썼다.

너보다 예쁜 꽃은 없단다

●

네가 나를 사랑할 줄 알고 있으니,	爾能知愛我
나 역시 저 아이를 어여뻐하네.	吾亦却憐渠
효도를 하려면 아! 어쩌면 될까.	欲孝嗟何及
부질없이 네가 처음 같길 생각하노라.	空懷似汝初

• 정기안(鄭基安), 「어린 딸이 나를 졸졸 따라 다니면서 안 떨어진다. 저 애의 마음 깊은 곳이 열리지 않았는데도 그렇게 하는 것은 천리이다. 감회가 있어서 짓는다(稚女隨余不離 彼心竅不開而然者天也 感賦)」

어린 딸아이는 어디를 가든 아빠를 졸졸졸 따라다닌다. 이 아이가 어디에서 나에게 찾아 왔을까? 무얼 알아서 아빠라고 부르며 이리도 살갑게 굴까. 아마도 이러한 정은 하늘에서 타고난 것이지 누가 시키고 가르쳐서 될 일이 아닌 것만 같다. 효도란 결국 이렇게 아무 조건 없이 부모를 따르는 마음에 다름 아니다. 자신을 맹목적으로 따르는 어린 딸을 보고 신기하고 기특한 마음에 지은 시이다.

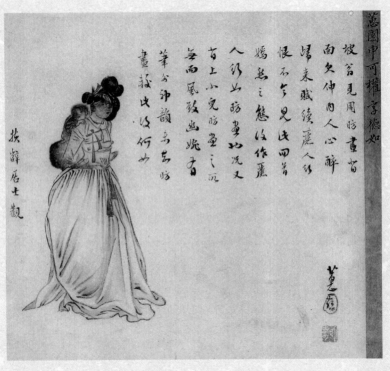

신윤복(申潤福), 「아이업은 여인」, 지본담채, 23.3×24.8cm, 국립중앙박물관

새벽 눈 올 때 나의 말(馬) 타고 가서	我馬行晨雪
저녁 별 뜰 때 식사 자리에 앉았네.	村餐坐夕星
가을 동산에서 토란, 밤을 땄던 일	秋園芋栗事
잠시 아이의 말을 믿어주며 듣네.	且信女兒聽

• 심정진(沈定鎭), 「10월 2일에 윤씨 장인을 유양(維楊)의 집으로 가 뵈었
는데, 이때에 아내와 어린 딸이 이미 와 있었다. 어린 딸이 손으로 동산에
서 딴 밤을 주고는 거듭 가을에 과일 따던 일을 자랑삼아 말하였다(孟冬
二日 往拜尹聘君於維楊之宅 時孺人及穉女已來留 穉女手獻園栗 仍誇說秋
來摘果事)」

　새벽녘에 눈발을 무릅쓰고 장인의 집을 향해 길을 떠난다. 이미 아
내와 아이가 그곳에 도착해 있었다. 얼마나 떨어진 곳인지 확인할 수
는 없으나 밤이 되어서야 도착하였다. 꼬박 하루가 걸린 셈이다. 아내
와 아이를 보고픈 마음에 한달음에 달려왔다. 아이는 제 손으로 딴 밤
을 건네주면서 동산에서 딴 여러 가지 과일 이야기를 늘어놓는다. 아
빠가 "이런 눈 내리는 겨울에 무슨 밤과 토란이 있어?"라고 하니까 아
이가 "진짜야, 내가 땄다니까"라고 하였다. 아빠와 딸아이의 정겨운
대화가 떠올려진다. 아이의 말 덕에 아빠는 하루 종일 말에서 시달린
피곤함이 한방에 사라져 버렸을 것 같다.

9월 달이라 날씨가 추워지니,	九月天氣肅
어른이나 아이나 겨울옷 준비하네.[7]	長幼斯授衣
부자나 가난한 자 옷은 달라도,	貴賤雖異服
추위 막는 건 모두 제때 해야 한다네.	禦寒皆及時
사방에서 다듬이 소리 들리고,	砧聲起四隣
가위와 자 집집마다 손에 드누나.	刀尺家家持
아! 나는 한 사람의 포의로서	嗟我一布衣
관복(冠服)을 본래부터 생각하지 않았지.	冠裳本不期
근래에 천 리 먼 곳 유배 올 때에,	邇來千里謫
몇 푼 되는 재물도 못 가져 왔지.	未齎數金貲
이불 한 채로 10년이나 지냈고	一衾過十年
저고리 한 벌로 2년이나 입었네.	一襦近二朞
추위 또한 참지를 못하겠으나,	雖寒亦不忍
슬픈 것은 나이 어린 딸이었네.	所悲小女兒
때 묻은 옷 짧고 또 얇은데다가	垢衣短且薄
떨어진 옷 꿰매려면 얼마나 너덜했던가.	補綻何離披
치마도 안 입고 또 버선도 안 신었으니,	不裙復不襪
맨발로 절룩대며 걸음을 걷네.	赤脚步躕踟

7 『시경』「칠월(七月)」에 "칠월에 화성(火星)이 서쪽으로 흘러 들어가면, 구월에는 추우니 새 옷을 입혀 주어야 한다.〔七月流火 九月授衣〕"라는 말이 나온다.

된서리 성긴 창에 잔뜩 끼었고,　　　　　凝霜集疎牖

북풍 불어 초가지붕 걷어 올리네.　　　　朔吹捲茅茨

울며불며 엄마 품에 달려가서는　　　　　啼呼走母懷

벌벌 떨자 소름이 피부에 돋네.　　　　　凜慄粟生肌

끌어안고 몸으로 온기 나누며　　　　　　抱持體相溫

제 엄마나 딸 모두 눈물 흘리네.　　　　　母女俱涕洟

남쪽 땅은 지역이 늘 따뜻해서　　　　　　南荒地常煖

가을이 끝났어도 한기 덜 하네.　　　　　秋盡寒氣微

그러나 너는 되레 춥다고 우니　　　　　　而汝尙號寒

옷이 없기 때문에 이와 같구나.　　　　　無衣乃如斯

생각건대 너의 오빠와 언니는　　　　　　因念汝兄姊

부모들과 멀리 떨어져 있으니,　　　　　　爺孃遠別離

돌봐주고 챙겨줄 사람 없어서,　　　　　　顧復嗟無人

외롭게 지내 진실로 걱정되누나.　　　　　伶俜良可思

서울은 또 일찍부터 추워지나니,　　　　　京洛又早寒

고생이 갑절이나 더할 것이네.　　　　　　辛苦應倍之

도연명이 옛날에 한 말 있으니,　　　　　　淵明昔有語

아이들 기한(飢寒)으로 힘들게 했다고 했지,[8]　　使子困寒飢

---

8 도연명, 「與子儼等疏」: "吾少而窮苦, 每以家弊, 東西游走. 性剛才拙, 與物多忤, 自量爲己, 必貽俗患. 僶俛辭世 使汝等幼而飢寒"

도연명은 오히려 밭과 여막에서 편안하고 　彼猶安田廬
단란하게 의지하며 살고 있었지 　團圓得相依
어찌 어린애들을 떼어 놓고서 　豈如隔童稚
골육 간이 멀리 떨어짐과 같았으랴. 　骨肉散天涯
눈 앞에서 있는데도 저리 슬픈데, 　眼前且堪傷
타지에 있으니 그 슬픔 얼마큼 되랴. 　異地則可推
저들 부귀한 집들은 　彼哉富貴家
아이들이 제멋대로 자라게 키우지. 　養子肆嬌癡
비단옷과 수놓은 포대기에 싸고 　錦衣與繡褓
깊숙한 방에다 겹겹 휘장 드리우지. 　曲房兼重帷
호사스럽게 태어나 성장했으니 　豪奢以生長
바른 길을 일찍이 알지 못했네. 　義方不曾知
궁한 선비 자식을 기를 수 없어 　窮儒無以養
따습고 배부름은 바랄 것 아니었네. 　溫飽非所希
여자애 자라면 도서(圖書)와 역사책9을 보이고 　女長示圖史
남자애 크면 서경과 시경을 가르치네. 　男大敎書詩
도덕과 지혜가 여기에서 생기게 되니, 　德慧從此生
어려울 때 진실로 소용된다네. 　艱難諒所資
부유하다 해서 본디 부러워할 필요 없고, 　富固不須羨

---

9 도사(圖史): 도(圖)와 사(史)인데, 여훈(女訓)에 도와 사가 있다는 말이다.

　너보다 예쁜 꽃은 없단다

가난하다 해서 또 슬퍼할 필요도 없네.   貧亦不足悲

아이 데리고 아침 햇볕에 앉아   携兒坐朝曦

등을 쪼이며 절로 즐거워하네.   曝背聊自怡

아이야 마땅히 이것을 즐겨   兒兮宜樂此

아빠가 널 사랑치 않는다 말하지 마렴.   莫道父不慈

- 김진규(金鎭圭), 「계절이 지나서 옷을 준비하려니 어린 딸이 추워서 울부
  짖었다. 이에 장시(長詩)를 지어서 마음을 달래다(節過授衣 幼女號寒 爲
  賦長篇遣懷)」

날씨가 쌀쌀해지면 사방에서 옷을 만드느라 분주하니, 귀천을 막론
하고 제 몸 하나 따스하게 할 겨울옷을 갖게 된다. 그러나 자신은 지금
유배를 온 처지에다 변변한 재산도 가져오지 못한 형편이어서 한 채의
이불과 한 벌의 저고리가 전부였다. 자신은 그렇게 버틴다지만 나이
어린 딸이 추워하는 것은 정말로 볼 수가 없다. 때가 꼬질꼬질한 데 그
것도 벌써 아이가 한참 자라 짧고 얇다. 떨어진 곳 투성이라 꿰맨 자국
이 수도 없다. 게다가 치마도 못입고 버선도 신지 못한 맨다리로 돌아
다닌다. 거지꼴도 이런 상거지꼴이 없다. 아이는 추위를 견디다 못해
엄마 품을 파고들어, 한참을 서로의 온기를 나눈다. 그나마 여기는 남
쪽 땅이라 좀 추위가 덜하기는 하지만 어린 딸은 아직 어려서 이런 추
위도 못 견뎌 한다. 게다가 서울에 두고 온 아이들 생각을 하니 억장이
무너진다. 거기는 여기보다 북쪽이라 추울테고 아이들을 보살펴 줄 사

람도 없으니 말이다. 부귀한 사람들이 아이들을 좋은 환경에서 키우는 것과 비교해 보면 자신의 처지가 더욱 쓸쓸하기만 하다. 그렇지만 가난이 꼭 나쁜 것만 아니니 어려운 일을 겪다보면 더욱 인간적인 성숙이 이루어지기 때문이다. 사실 이 모든 것이 공염불에 불과했다. 당장 추위에 시달리는 아이 하나 따스하게 못 해주는 처지가 못내 쓸쓸하다. 고작 해줄 수 있는 것이라곤 아이를 따뜻한 양지로 데려가 햇볕을 쪼여주는 일이다. 자신이 겪는 어려움이야 운명이라 인정한다지만, 자식이 받는 고초는 자신의 무능함에 기인하는 것만 같아 속이 상한다. 가난에 처한 부녀의 모습이 생생하게 그려진 시이다.

너보다 예쁜 꽃은 없단다

눈 감으면 몽롱하여 꾸밈 없는 몸이었으니,　　　　　合眼昏昏土木形

영단(靈丹)으로 늙은 나이 막을 뜻이 없네.　　　　靈丹無意制頹齡

귀밝이 술 가져 와서 권하지 말 것이니,　　　　　莫將聰酒來相勸

인간세상 시끄러움 듣고 싶지 않아서네.　　　　　浮世喧囂不欲聆

- 신정(申晸),「상원날 마시는 찬 술을 속칭 귀밝이술이라 한다. 딸아이가
  내가 가는 귀 먹은 것을 안쓰럽게 여겨, 와서 술 한 잔을 올리기에 장난삼
  아서 짓는다(上元冷酒 俗稱聰耳 女兒憫余重聽 來進一杯 戲而有作)」·

벌써 가는 귀가 먹어서 소리가 잘 들리지 않는다. 딸아이는 그런 아
빠가 안쓰러웠는지 귀가 밝아진다는 귀밝이술을 가져다 먹으라고 권
한다. 아빠는 이 귀여운 딸아이의 고마운 권유를 농으로 풀어낸 시를
지었다.

1구는 귀밝이술을 마신 느낌을 담은 것으로 이렇게 좋으니 제2구에
서 장수나 신선이 부럽지 않다는 뜻을 나타냈다. 눈감으면 몽롱하여는
원문이 '합안혼혼(合眼昏昏)'으로 되어 있다. 백거이(白居易)의 「불여
래음주시(不如來飮酒詩)」4에 "차라리 내게 와 술을 마시고 눈감고서
몽롱하게 취하니만 못하리라.[不如來飮酒 合眼醉昏昏]"고 하였다. 또,
꾸밈없는 몸은 원문이 '토목형해(土木形骸)'로 되어 있다. 원래는 질박
하여 꾸밈새가 없는 몸이란 뜻으로 혜강(嵇康)에 대한 말이다. 혜강은
"풍채가 있었으나 육체를 토목처럼 여겨 스스로 잘 보이게 꾸미지 않
았다.[有風儀而土木形骸 不自藻飾]"하였다. 3구와 4구에서 귀밝이술

이라서 세상의 온갖 시끄럽고 어지러운 소식을 듣게 될까봐 두려워 하는 마음도 담았다. 딸아이의 아빠를 생각해 주는 마음을, 세상에 대한 비판까지 확장시켜 놓으로 풀었다.

너보다 예쁜 꽃은 없단다

출가(出嫁)와 출산(出産)의 대견함

　자식은 장성하면 제 짝을 찾아 떠나기 마련이다. 결혼을 앞둔 딸을 바라보는 아버지의 심정은 남달라서 대견하면서도 섭섭하고, 애틋하면서도 근심스럽다. 특히 혼인하는 시기가 지금보다 훨씬 일렀던 당시에는 더더욱 마음이 아렸을 것이다. 혼인은 딸과의 긴 이별을 의미한다. 지금처럼 결혼 후에 잦은 왕래가 있다 해도 섭섭한 마음을 금할 수 없을 터인데, 왕래는 고사하고 엄한 시집살이가 기다리고 있는 딸에 대한 아빠의 심정은 더욱 착잡할 수밖에 없다.

시부모 섬기기를 효로써 하고   事舅姑以孝
제사 받들기를 엄숙함으로 하며   承祭祀以嚴
지아비 받들기를 공경으로 하고   奉夫子以敬
시누이와 지낼 땐 화목으로 하며,   與叔妹以和
친척을 만날 때엔 바른 도리로 하고   接親戚以正
예절을 지키되 곧은 마음으로 하며,   守禮節以貞
길쌈을 힘쓸 때엔 근면으로 하고   務紡績以勤
술과 음식 올릴 때엔 정결히 하라.   供酒食以潔

• 전우(田愚), 「맏딸을 가르치며(教長女 乙未)」

　전우의 나이 55살에 지은 시로 출가 전의 딸에게 준 것이다. 봉제사(奉祭祀), 접빈객(接賓客)을 기본으로 하여 시집 친구들과의 화합을 강조하며, 가사(家事)에 대한 언급까지 구구절절 딸에 대한 당부로 가득하다. 전체적으로 요약을 하면 충실한 부도(婦道)를 실행할 것을 주문한 내용들이다. 시누이와의 관계 설정까지 언급한 것을 보면 매우 세심하게 딸을 배려한 사실을 알 수 있다. 이제 곧 닥쳐오게 될 어려운 시집살이를 지혜롭게 이겨 나가기를 바라는 아버지의 마음이 따스하기만 하다.

채용신(蔡龍臣),「전우 초상」, 46.5×73.2cm,

내 나이 스물하고 아홉 살 때　　　　　　　吾年二十有九歲

섣달 열사흘에 네가 태어났었지.　　　　　　汝生臘月旬三日

고생하고 애쓰던 일 어제 일만 같은데,　　　劬勞顧復事如昨

네 어미 이미 죽고 난 늙고 병들었네.　　　汝慈已沒吾衰疾

다행히 너는 자라 시집가게 되었으니,　　　幸汝長成有所適

내가 가서 널 보낼 땐 기쁨과 슬픔 간절하리.　我往送汝悲喜切

구구한 이별의 정, 말해서 무엇하랴.　　　　區區別懷且莫說

다만 내 딸, 좋은 아내 되기만을 청하누나.　但請吾女宜家室

남편 뜻 어김없이 반드시 공경하고 조심하며　無違夫子必敬戒

시부모께 효도하고 시집의 친척들과 화목해라.　孝于舅姑和宗戚

사치보단 검소하고, 젠 체보다 못나게 살며,　奢也寧儉巧寧拙

말 많은 게 그중에서 가장 좋지 않단다.　　最是多言爲惡德

술과 장, 명주실, 삼실 만드는 건 그 직분이고,　酒醬絲麻是其職

종족(宗族)을 보존하고 가정 이루는 건 노력에 있네.　保族成家在努力

규문엔 법도 있어 스스로 엄정하니,　　　　閨門三尺自有嚴

바깥일 삼가해서 간섭을 하지마라.　　　　愼旃外事毋相涉

네 집에 가거들랑 내 말을 생각해서　　　　汝歸汝家思吾言

가문에 치욕 있게 하지를 말아다오.　　　　勿使門戶有耻辱

늙은 내 이 말을 저버리지 않는다면,　　　　老吾此言如不負

훗날에 저승 가도 편히 눈을 감게 되리.　　他日泉下可瞑目

* 채지홍(蔡之洪), 「이씨에게 시집가는 딸이 떠나려 할 때에 말을 청하기에

　　　　　　　　　　　너보다 예쁜 꽃은 없단다

시를 써서 주다(李女將行請言, 詩以贈之)」

채지홍의 딸이 혼례를 목전에 두고 아버지께 청하여 써 준 시이다. 내용은 딸에 대한 회고와 당부를 주로 하여 좋은 부인이 되어 달라는 내용을 담고 있다. 스물아홉 살에 낳은 딸아이가 벌써 장성해서 시집 가게 되었다. 재롱 떨던 그 때 모습이 눈에 선한데, 이제 아내도 자신 의 곁에 없다. 남편의 뜻을 잘 따르고, 시부모님께는 효도하며 친척들 과 화목하게 지내라 했다. 또, 검소하게 살림을 잘 꾸리고 젠체하지 말 며 말수를 줄여 분란의 소지를 줄여야 한다. 남편, 시부모, 일가친척과 의 관계에 대한 조언, 또 며느리와 부인으로서 해야 할 행동거지에 대 한 당부가 구구절절 이어진다. 아주 세밀한 것까지 언급한 부분에서 엄격한 아버지보다는 오히려 자애롭고 곰살맞은 아버지가 느껴지기도 한다.

늙은이 일흔 넷에 봄날을 맞았으니,	翁年七十四回春
치아는 싹 빠지고 머리는 세었노라.	口齒全空兩鬢銀
시집가는 딸 보는 것 기쁨에 못 이겨서	不勝喜歡看嫁女
스스로 먹고 마시며 사람들 붙잡아 뒀네.	自能飲食解留人
산골 하늘 구름 낀 해 따스하게 내리 쬐고,	峽天雲日垂暉暖
숲속에 서리꽃은 맵시가 새롭구나.	林塢霜花作態新
진탕 마셔 취하는 걸 어찌하여 사양하랴.	酩酊寧辭十分醉
더군다나 사돈댁과 집안끼리 친하노니	婚家況得是朱陳

• 정범조(丁範祖), 「딸을 시집보내는 날에 술에 매우 취하여서 입으로 불러
  짓다(嫁女之日, 醉甚口呼)」

정범조는 본처에게 1남 1녀를 두었고, 측실(側室)에게 1남 1녀를 두
었다. 본처 소생의 딸은 유맹환(兪孟煥)에게 시집을 갔는데 부모보다
먼저 세상을 떠서, 정범조는 「哭兪女文」과 「再哭兪女文」을 쓴 바 있다.
이 시는 측실에게서 난 딸의 혼례 때 지어 준 것이다. 이때 사위에게는
「步前韻 贈女婿李學鎭」을 써 주었다.

늘그막에 맞는 경사다. 정말로 기쁜 날이어서 아직 남아 있는 하객
(賀客)들과 먹고 마시며 즐기고 싶다. 햇볕은 따스하게 내리 쬐고 서
리꽃은 아름답기 짝이 없다. 모두다 딸아이의 혼인을 축하해 주는 것
만 같다. 이런 날 취해도 흉될 것이 없으니 맘껏 술을 마셔 취하겠노
라 했다. 하물며 딸의 시댁은 자신의 집과 대대로 세교(世交)가 있으

너보다 예쁜 꽃은 없단다

니, 생판 모르는 집에 시집 보내는 것보다는 한결 서운함이 덜하다. 노
년에 맞는 혼사(婚事)에 딸을 보내는 섭섭함 보다는 인생의 마지막 숙
제를 해결한 듯한 후련함도 엿보인다.

돌아보니 내 나이 예순 살인데	顧余年六十
다행히도 이런 딸 낳게 되었네.	幸生此女子
방실방실 웃는 것 보게 됐으나,	孩笑猶可見
혼인함은 진실로 생각키 어려웠네.	結褵固難擬
어느덧 나이 벌써 열아홉 되었으니,	居然十九歲
아이를 낳은 것이 참으로 기쁘구나.	生産眞可喜
딸 낳은 일[10] 다시금 논할 것 있나.	巽索更何論
딸 낳는다 해도 또한 괜찮으리라.	弄瓦亦可以
앉아서 앵앵 우는 소리 들으니,	坐聞呱呱啼
네 어미 울던 때와 꼭 비슷하네.	汝母恰相似
아아! 나는 어찌 늙지 않으랴.	嗟我豈不老
포대기 속 있던 네가 아이엄마 되었으니.	襁褓又及是
앞으로 아이 몸에 병이 없으면	從此身無病
가문엔 온갖 복을 보존함 되리.	門楣保百祉

- 박윤묵(朴允默), 「무신년 9월 초 4일 자시에 넷째 딸인 김씨의 아내가 순
  산으로 딸을 낳았으니 매우 기쁘다(戊申九月初四日子時, 第四女金婦順産
  生女可喜)」

예순 살에 늦둥이 딸아이가 태어났다. 아기가 방실방실 웃는 것을

---

10 딸 낳은 일:『周易』「說卦」에 "巽一索而得女, 故謂之長女."라고 했다.

너보다 예쁜 꽃은 없단다

보면 기쁘기도 하다. 하지만, 언제까지 이 아이가 결혼하는 것을 볼 수 있을까 하는 생각까지 미치면 금세 울쩍해진다. 그러던 딸아이가 벌써 열아홉이 되어 혼인을 하고 아이를 낳는다. 자신의 딸이 또 딸을 낳았다. 섭섭함이 없을 수야 없을 테지만 딸아이를 도리어 위로해준다. 손녀의 울음소리에서 자신은 딸아이의 아기 때 울음소리를 떠올리며 무상함에 젖는다. 마지막에 손녀에 대한 축원으로 끝을 맺었다. 손녀를 얻어 흐뭇한 할아버지의 마음과, 딸의 출산이 대견한 아버지의 마음이 동시에 보인다. 그는 1년 뒤인 1848년 일흔 여덟의 나이로 세상을 떠났다.

어려서 허약한 건 병 깊었던 탓이어서　　少時羸弱病深源
예순 한 살 사는 것을 어찌 감히 논했으랴.　六十一齡何敢論
막다른 세태에는 벌써 익숙해졌고,　　世態已於窮處熟
옛날 친구 이제 다시 몇이나 남았던가　舊遊今復幾人存
늙은 아내 동갑인데 금슬과 똑같으며,　老妻同甲如琴瑟
두 자식 장정되어 혼인을 다 마쳤네.　二子成丁畢嫁婚
또 어제엔 외손자가 태어남 보았으니　又見外孫生昨日
눈 앞에는 애오라지 담소가 시끄럽네.　眼前聊作笑譚喧

• 조영석(趙榮祏), 「2월 14일은 곧 내가 61살이 되는 생일이다. 이틀 전에 홍씨에게 시집간 맏딸이 아들을 낳아서 기쁜 마음에 시를 짓는다(二月 十四日 卽余周甲之生朝 前二日長女洪氏婦適生子 志喜以賦)」

그가 환갑 때 지은 시이다. 어려서부터 허약하기 짝이 없어 환갑 때까지 살 것이라고는 단 한 번도 생각해 본 적이 없다. 자신은 곤궁하게 사는 일에 익숙해졌는데 지금껏 살아 있는 옛 친구들은 얼마 되지 않는다. 동갑인 아내는 거문고와 비파처럼 호흡이 잘 맞았고, 두 아들은 장성해서 벌써 장가를 보냈다. 내 몸은 건강하고 아내와는 사이가 좋으며 두 아들은 모두 혼인을 시켰다. 게다가 어제는 딸이 외손자를 낳았다. 외손자를 둘러앉아서 웃으며 이야기하는 지금 이 순간이 정말로 행복할 뿐이다.

　　　　　　　너보다 예쁜 꽃은 없단다

가난한 집 초녀례 어찌 지내느냐 묻는가   貧家醮女問何如
낮은 담장 쓸쓸하고 사방 벽 텅 비었네.   環堵蕭然四壁虛
하늘도 너무나도 검소한 것 싫어해서   天意也應嫌太儉
일부러 좋은 옥을 뜰에 꽉 차게 했네.   故敎瓊玉滿庭除

• 유의건(柳宜健),「딸아이의 초녀례 날이 다가왔는데, 큰 눈이 왔기에 장
  난 삼아 읊다(女息醮日已近 值大雪戲吟)」

　초녀례는 일반적으로 초자례를 지낸 후 신랑과 함께 신부집에 와서
조상에게 혼사를 고한다. 그렇기 때문에 신랑을 비롯한 손님들이 방문
하게 되니, 가난한 집안 꼴을 보이기에 염려가 된다. 덩그런이 담장만
둘러싼 집에 사방을 둘러봐도 세간 하나 없고 텅 비어 있다. 사위될 사
람에게 면목이 없는데, 마침 눈이 펑펑 쏟아져 내린다. 하늘도 아무것
도 없는 집안 풍경이 안쓰러웠는지 큰 눈을 내려서 빈틈을 메워 주었
다. 사는 꼬락서니가 하도 어이가 없어서 농으로 시를 지었지만, 마음
은 분명 시큰해졌을 것이다.

나그네로 누운 곳은 누구 집인가.　　　　　　客臥是誰家

먼 땅이라 꿈속에도 깜짝 놀라네.　　　　　　夢驚天一涯

이웃집 닭 울기를 아니 그치는데　　　　　　隣鷄鳴不已

산 비 내리는 밤은 어느 때인가.　　　　　　山雨夜如何

어둠 속의 물은 시냇돌에 시끄럽고,　　　　　暗水喧溪石

가벼운 향기는 들꽃을 적시었네.　　　　　　輕香濕野花

내 인생에 시집 장가 다 보냈으니　　　　　　人生婚嫁畢

술 있으면 또 받아와서 마셔봐야지.　　　　　有酒且宜賒

• 신광한(申光漢), 「막내딸을 시집보내고서 진산의 시골 집에서 밤에 묵다
(醮季女, 夜宿珍山村舍)」

잠자리가 바뀌니 잠이 쉬이 오지 않는다. 집에서 먼 곳까지 떠나 왔
다는 사실이 새삼 사무치게 다가온다. 이웃집 닭들은 새벽이 되지 않
았는데도 계속 울어대고 산 비는 주적주적 내리니, 날이 어두워 한밤
인 것 같긴 한데 시간도 알 길이 없다. 깜깜한 밤중에 시냇물은 돌에 부
딪쳐서 요란하게 소리를 내고, 비 맞은 들꽃에서는 은은한 향기가 풍
겨 나온다. 이제 막내까지 시집보냈으니 아비로서의 역할은 다한 것만
같다. 이왕 잠이 깼으니 술이나 한 잔 받아와 마셔야겠다. 이 정도면
이제 시원스레 술 한 잔 들이킬 만한 충분한 자격이 있지 않겠나. 자식
을 모두 출가시킨 아버지의 시원섭섭한 마음을 담았다.

정성껏[11] 딸 길러서 규방에 있게 하다,　　　　　　　勤斯育女在閨房
남의 집에 시집가니 효부(孝婦)가 되어다오.　　　　　送與佗家作孝娘
시집갈 때 응당 부모 하직해야 하지만　　　　　　　　有行固應辭父母
마음 다해 시부모를 섬겨야 한단다.　　　　　　　　　專心惟可事尊章
산천이 얼어 붙어 가기가 어려운 때　　　　　　　　　山川凍合憂難徹
피붙이 헤어지니 마음 절로 아프구나.　　　　　　　　骨肉分張意自傷
눈보라 속 한 줄기 숲으로 난 길로,　　　　　　　　　一路平林風雪裏
해질녘 가는 말에 몸 맡겨야 하는구나.　　　　　　　任教歸馬踏斜陽

　• 이익(李瀷), 「딸을 전송하며(送女)」

이익은 첫 번째 부인 신씨(申氏)가 죽고 두 번째 부인인 목씨(睦氏)
에게서 30세가 넘어 1남 1녀를 얻었다. 이 시는 지봉(芝峯) 이수광(李
晬光)의 5대손인 이극성(李克誠)에게 외동딸을 출가시킬 때 지은 것이
다. 규방에서 고이고이 잘 키워서 이제 시집을 보내게 되니 효부가 되
기를 바라는 마음뿐이다. 친정 부모에게 마음 쓰지 말고 오직 시부모
를 지극 정성으로 모셔야 한다고 했다. 그나저나 딸아이를 시집 보내
자니 마음이 여간 아픈 것이 아니다. 게다가 겨울에 시집을 보내게 되
니 가는 길이 만만치 않아 그것이 더더욱 마음이 쓰인다. 해질녘 눈보

---

11 정성껏: 원문은 '근사(勤斯)'라 나온다. 『시경』「치효(鴟梟)」에 나오는 "사랑하고 정성 다
해 자식을 기르느라 노심초사했노라.〔恩斯勤斯 鬻子之閔斯〕"라는 구절에서 온 말이다.

라는 쳐대는데 숲속으로 난 길로 아이를 말에 태워 보낸다. 그 길이 고단한 길일 뿐 아니라, 험난한 시집 생활을 예고하는 듯해 마음이 무겁다. 딸을 시집 보내는 부모의 절절한 심정이 잘 표현된 시이다.

여자 행실 많지 않고 네 가지면 충분하니　　婦行無多只有四

아침 저녁 경계함을 게을리 하지 말라.　　孜孜不怠警朝曛

몸가짐은 조심하고 조용해야 마땅하고　　貌存敬謹宜思靜

말씨는 자상하고 따스해야 하느니라.　　言欲周詳更着溫

덕은 유순해도 정열(貞烈)로 으뜸 삼고,　　德以和柔貞烈最

주식(酒食)은 솜씨 있게 길쌈은 부지런히　　工因酒食織紝勤

만약에 이런 말을 마음에다 새긴다면　　若將此語銘心肚

길한 복이 후손까지 넉넉하게 될 것이네.　　吉福綿綿裕後昆

• 안정복(安鼎福), 「딸아이를 경계하다(警女兒)」

이 시는 얼핏 보기엔 틀에 박힌 당부의 글 같기도 하다. 하지만 딸이
시집가서 부디 행복하게 살길 바라는 아버지의 간곡한 바람을 담은 것
이다. 부용(婦容), 부언(婦言), 부덕(婦德), 부공(婦功)의 네 가지를 제
시하였으니, 『예기(禮記)』와 『주례(周禮)』에 언급된 내용과 다르지 않
다. 첫째는 몸가짐이다. 행실을 조심하고 찬찬히 해야 마땅하다. 남들
에게 경박한 행동을 보이지 않았으면 했다. 둘째는 말이다. 자상하고
도 따스해야 한다. 함부로 아무 말이나 툭툭 내 뱉어 분란을 일으키지
말라 했다. 셋째는 덕이다. 온화하고 부드럽게 남을 대해야 한다. 그렇
다고 아무런 줏대 없는 사람이 되어서는 곤란하다. 넷째는 술이나 음
식은 솜씨 있게 장만하고, 길쌈은 부지런히 힘써야 한다. 여자의 기본
은 살림이니 이것을 소홀히 하면 곤란하다. 이러한 덕목들을 충실히

지킨다면 화목한 가정을 꾸리고 후손에게까지 복이 넉넉할 것이라는 당부를 담았다. 이제 딸은 출가하여 자신의 품을 떠난다. 아무 것도 자신이 해 줄 수 있는 것이 없고 다만 당부와 바램만 할 뿐이다. 딸의 결혼을 목전에 둔 아버지의 마음을 읽을 수 있다.

너보다 예쁜 꽃은 없단다

시집 간 딸을 자주 볼 수 없는 것은 예나 지금이나 마찬가지다. 지금은 친정에 왕래하는 일이 본인의 의지에 따른 것이 되었지만, 예전엔 아예 출가외인(出嫁外人)이란 말로 옥죄는 것도 모자라, 출가한 딸은 아버지 상(喪)에도 친정에 직접 가지 않는 것을 예법으로 삼았다고 한다. 근친(覲親)은 귀녕(歸寧) 또는 귀성(歸省)이라고도 부르는데, 출가한 딸이 친정에 가서 어버이를 뵙는 일이다.

흰 저고리 입은 모습 눈앞에 어른거려   素服依依在眼前
문 나와 자주 볼 제 뉘엿뉘엿 해 기우네.   出門頻望日西懸
돌아와 슬픈 말을 많이는 하지 마렴.   歸來愼莫多悲語
늙은 아비 마음은 너무나 서글퍼지리니.   老我心神已黯然

• 김우급(金友伋), 「딸아이가 친정 오는 것을 기다리며(待女兒歸覲)」

　내 딸이 멀리서 오는가 한자리에도 있지 못하는 마음이다. 문턱이 닳도록 밖을 쳐다보다가 어느새 해질녘이 다 되었다. 돌아와 어떤 이야기보따리를 풀어 놓을지 궁금하기만 하다. 제발 기쁘고 행복한 소식만 가득하기를 빈다. 자애로운 시댁 어른, 곰살 맞은 사위, 재롱떠는 아이들, 이런 이야기로 밤새 이야기를 나누었으면 한다. 행여나 수심 겨운 얼굴로 어렵고 힘든 사연들이 나오지 않기를 간절히 바라는 마음을 담았다. 실은 기쁘고 즐거운 이야기만 듣고 싶다는 게 아니라, 딸에게 나쁜 일들이 더 이상 없기를 바라는 마음을 담은 셈이다.

너보다 예쁜 꽃은 없단다

조영석(趙榮祏), 「촌가여행(村家女行)」, 비단에 담채, 24.4×23.5cm, 간송미술관

어린 딸 집 떠난 지 벌써 십 년 되었으니,	幼女辭家已十年
늙은 아비 마음일랑 언제나 서글펐네.	老夫心事每悽然
오늘 밤 밤새 보니 도리어 꿈같아서,	今霄秉燭還如夢
너무도 기뻤지만 눈물이 흐르누나.	喜極還敎涕淚懸

- 신정(申晸), 「맏딸인 이씨의 아내가 집을 떠난 지 십 년 만에 이제야 친정
  에 돌아오게 되었으니, 기쁨과 슬픔을 억누를 수 없어 한 편의 절구 시를
  짓다(長女李氏婦辭家十年. 今始來覲, 不禁悲喜, 口占一絶)」

근친(覲親)이 반드시 정례적으로 이루어지지는 않았다. 부모 자식 간에 십 년 동안 왕래가 없는 일도 비일비재했다. 시집을 보내고 난 지 10년 동안 언제나 딸 걱정에 마음을 졸였다. 얼굴을 보지 못했으니 잘 사는지 못 사는지 확인할 길이 없어 답답하였다. 이제야 서로 마주해 앉자 모든 것이 꿈만 같다. 어리던 딸아이는 제법 숙녀 티가 나고, 자신도 희끗희끗 중늙은이가 되어 버렸다. 기쁜 마음이 한량없지만 자꾸만 눈물이 흐른다. 또 다시 헤어지게 되면 언제 다시 만날지 모르니, 지금의 기쁨보다 헤어질 걱정이 앞선다. 귀령을 맞이하는 아버지의 복잡한 심정이 인상적이다.

너보다 예쁜 꽃은 없단다

〔1〕

먼 데 있는 딸이 어찌 올 수 있으랴만　　　　　遠女何能至

삼 년 만에 처음으로 문 앞에 왔네.　　　　　　三年始當門

서로 보자 내 맘이 위로가 되나　　　　　　　　相見我心慰

시부모께 뒷말이 없게 하거라.　　　　　　　　舅姑無後言

위의 시는 친정 어머니의 말이다.　　　　　　　　　右母言

〔2〕

시부모님 기분 좋게 허락하시어　　　　　　　　舅姑好顔許

그리하여 저는 감히 친정 왔어요.　　　　　　　而女敢寧親

올 때에 시부모님 말씀하시길,　　　　　　　　來時舅姑語

"겨울 나고 봄도 지내렴" 하셨죠.　　　　　　　經冬又經春

위의 시는 딸의 대답이다.　　　　　　　　　　　右女對

〔3〕

시부모님 제 마음 헤아리셔서　　　　　　　　　舅姑忖我心

저에게 말했죠 "집에 어머니 계셔서,　　　　　　謂我母在堂

빈손으로 뵐 수는 없을 터이니　　　　　　　　未可空手見

떡과 사탕 가져다 드리려무나."　　　　　　　　持贈餅與饍

위의 시는 딸의 말이다.　　　　　　　　　　　右女言

[4]

떡과 사탕 맛도 있고 양도 많으니	此物旨且多
네 시부모님 너그런 분인 줄 알겠네.	知爾舅姑厚
동쪽 집 딸도 친정으로 돌아왔는데	東家女亦歸
해진 옷 차림에다 빈손이었단다.	弊衣垂空手
위의 시는 친정 어머니의 대답이다.	右母答

• 유인석(柳麟錫), 「모녀가 서로 만나다(母女相見)」

　근친을 온 딸과 어머니의 상봉을 다룬 시로, 모녀의 문답으로 구성되어 있다. [1] 삼 년만에 찾아온 딸이 반갑기는 하지만, 무엇보다 시부모께 흠이 될까봐 걱정을 한다. [2] 딸은 시부모께 흔쾌히 허락했다 하여 친정 부모를 안심시킨다. 겨울과 봄까지 거기 머물러도 좋다는 허락까지 받았다는 말까지 덧붙여 어머니 마음을 편안하게 하였다. [3] 오랜만에 친정 방문을 빈손으로 보낼 수 없어서 시어머니는 떡과 사탕까지 갔다 드리라던 시어머니의 말을 전한다. [4] 친정에 보내주는 것도 감사한 일인데 게다가 음식까지 싸주니 너그럽고 따스한 시부모를 만난 것 같아 한결 마음이 놓인다. 옆집에도 시집간 딸이 있지만 친정을 방문할 때 추레한 차림에도 빈손으로 찾아왔다고 하며, 자신의 딸이 좋은 시댁을 만나 다행이라는 뜻을 전한다. 아버지는 모녀를 지켜보는 관찰자로 한 걸음 물러서 있지만 전혀 거리감이 느껴지지 않고, 반갑고 다행스러운 아버지의 마음까지 읽기에 충분하다.

너보다 예쁜 꽃은 없단다

세상의 이런 이별 가볍지 아니하니   人間此別未宜輕

문에서 훌쩍대며 가는 널 전송하네.   淚洒柴門送汝行

시야에 사라지자 부질없이 그림자 위로하니   望眼窮來空吊影

먼 하늘에 외로운 새도 서글퍼 우는구나.   長天獨鳥亦寒聲

- 이홍남(李洪男), 「젊은 딸이 서울로 돌아갈 때에 앞서 근친 때의 시운을
  써서 짓다(少女還京 用前來覲韻)」

기다릴 때에는 만남에 대한 희망이라도 있지만, 만남 이후에는 헤어질 시간만 기다리고 있을 뿐이다. 어린 딸은 근친을 마치고 서울로 돌아간다. 딸과의 이별은 헤어질 때마다 익숙해지지 않는다. 문까지 나와 눈물 바람을 하며 딸아이를 전송한다. 시야에서 사라질 때까지 쳐다보다 문득 자신과 자신의 그림자만 확인하게 된다. 혼자 하늘을 날아가는 새도 슬프게 울어댄다. 사실 본인이 울고 싶은 마음이란 뜻이다. 딸을 보내고 난 뒤의 서운함이 문면에 가득하다.

역마 타고 지나지 않았다면은   若非乘傳過

호남 땅에 사는 아이 어이 찾으랴.   焉得訪湖居

긴 이별에 소식이 막히었다가,   久別音容隔

서로 만나게 되니 꿈속과 같네.   相逢夢寐如

나는 아직 어린애로 너를 보는데,   我猶孩看汝

너는 내가 늙었다고 상심 하누나.   爾以老傷余

가는 길에 다시 보길 기약하면서,   歸路期重見

바쁘게 서둘러서 옷자락 터네.   恩恩且拂裾

• 임방(任埅), 「익산에서 딸을 찾아 보다(益山訪見女息)」

공무 때문인지 익산(益山)에 갔다가 그곳에 사는 딸을 방문하고서
지은 시이다. 출가한 딸이 친정 부모를 방문하는 것이 일반적이지만,
그렇다고 친정 부모가 딸의 집을 전혀 방문할 수 없었던 것은 아니었
다. 의외로 이러한 내용의 시들을 심심치 않게 찾아볼 수 있다. 서로
뚝 떨어져 사니 한번 만나 보는 일도 쉽지 않다. 그러나 만나 보니 마치
생시의 일이 아니라, 꿈속에서 벌어진 일만 같다. 아버지의 눈에는 아
직도 어린 아기로만 보이는데, 딸아이는 되레 아버지가 늙었다고 한숨
을 쉰다. 공무를 다 마치면 다시 보기로 약속을 하고, 서둘러 집을 나
선다. "아가 조만간 다시 만나자"

너보다 예쁜 꽃은 없단다

이별하자니 시간이 빨리 가는데,	念別覺時促
누가 봄날은 더디 간다고 했던가.	誰謂春日遲
간들간들 버드나무 변하려 하고	依依柳欲變
새는 얽힌 가지에서 울고 있구나.	有鳥鳴交枝
새가 우니 마치 호소하는 듯,	鳥鳴如有求
정 깊은 딸의 마음 서글프구나.	婉孌女心悲
강가 얼음 이미 녹아 출렁거려서	江氷已渙渙
얼음 뜨고 갈 앉아 배 매지 못하겠네.	浮沈舟不維
붙들어 두려 하나 그럴 수 없으니	欲留那可得
머나먼 산비탈만 바라보노라.	悠悠望山陂
인생살이 몹시도 이별 많으나,	人生苦多別
하물며 다시 딸이 돌아 감이랴.	況復女有歸
금반12에 옛날 경계 거듭했으니	衿鞶申舊戒
남편의 뜻 마땅히 어기지 말라.	夫子宜無違
잠시 세상사 같이 얽혀진 칡 가리키노니,	且指葛蔓蔓
그 칡으로 힘써 칡베 옷13 짓기 바란다.15	努力成絺衣

- 김시보(金時保), 「막내 딸이 근친왔다가 한 달 넘어서 돌아가겠다고 말하기에 감회가 있어(感季女歸寧踰月告去)」

---

12 금반(衿鞶): 남녀(男女)의 의대(衣帶)에 장식(裝飾)으로 매다는 작은 주머니. 뒤에 시부모를 잘 모시는 전고(典故)로 썼다.

13 칡베 옷: 원문은 치의(絺衣)이다. 가는 갈포(葛布)로 만든 얇은 옷이다.

막내 딸이 친정에 근친을 왔다가 한 달 남짓 되자 돌아간다고 했다. 버드나무는 봄이 왔다는 사실을 알려주는 식물이니 봄이 오면 싱그러운 싹을 틔우기 때문이다. 버드나무는 싹이 나오려 하고 봄 새는 가지에서 울고 있다. 봄 새가 우는 것이 마치 짝을 찾는 듯 하여서 딸이 듣고는 사위 생각을 할 것만 같다. 강 가의 얼음은 녹아서 이리저리 떠 있어서 배를 띄우기 어려우니, 그 핑계라도 대어서 딸이 가는 것을 만류하고만 싶다. 차마 한번 붙들어 보지도 못하고 애꿎은 산 만 바라본다. 이별의 순간은 아무리 반복해도 익숙하지 않다. 금반(衿鞶)의 금(衿)은 작은 띠이고, 반(鞶)은 작은 주머니로 세건(帨巾)을 담는 것이다. 딸을 시집보낼 때에 어머니가 작은 띠를 매 주고 수건을 매 주며 훈계하였으니, 『의례(儀禮)』, 「사혼례(士昏禮)」에 나온다. 헤어지는 것이야 피할 수 없으니, 다시 시댁에 돌아가면 남편과 잘 지내고 살림에도 힘을 써서 다른 소리가 나오지 않도록 하기만을 바랐다. 남들은 지금 이 봄날이 좋다 하지만 딸을 보내는 아버지의 봄날은 서글프기만 하다. 꽃샘추위라도 다시 한번 찾아 와서 딸을 잠시라도 만류하고만 싶었을 것 같다. 따스한 봄이 겨울 보다도 더 시리다.

---

14 칡넝쿨 자체에 집중하지 말고, 그것으로 유용한 물건을 만들라. 즉 남편과의 갈등 자체에 집중하지 말고, 그 갈등이 유용하게 되도록 성실하게 일하라는 뜻으로 보인다. 갈만만(葛蔓蔓)은 굴원의 『구가(九歌)』 「산귀(山鬼)」에 "산과 산 사이에서 영지를 캐니, 바위는 첩첩하고 칡넝쿨은 얽혀있네.〔采三秀兮於山間 石磊磊兮葛蔓蔓〕"라는 구절이 있다.

너보다 예쁜 꽃은 없단다

짝 따라서 외로운 새가 떠나니,	隨匹孤雛去
훨훨 날아 옛 숲을 나가는구나.	飛飛出故林
늙은 아빈 한평생 사랑하였고,	老爺百年愛
어진 어미도 저승에서 마음을 썼지.	慈母九原心
한 줄기에 난 두 송이 연꽃처럼 부드럽고[15]	蔕幷芙蓉嫩
꽃은 두구[16]를 깊이 간직하였네.	花含荳蔲深
가는 것 전송하니 정은 그지 없어	送歸情不極
서글피 바라보며 혼자 시 읊었네.	悵望獨沉吟

〔이때에 임신을 하였으므로 꽃이 머금었다고 한 것이다〕

〔時有娠故云花含〕

• 유의건(柳宜健), 「막내 딸이 시집에 돌아가는 것을 보내고 감회가 있어서
(送季女于歸有感)」

  딸아이는 짝을 따라 떠나는 새처럼 자신을 떠나간다. 자신의 품을
옛 숲〔故林〕에다 비유했다. 아이를 출가(出嫁)시키는 일은 대견하면서
도 가슴 시린 일이다. 이미 늙어버린 아버지는 딸을 평생토록 사랑했

---

15 의역을 하면 다음과 같다. "꽃받침이 나란히 피어 있는 연꽃처럼 부부 사이가 화목하고"

16 두구(荳蔲): 식물(植物) 이름. 일명 초두구(草荳蔲)·백두구(白荳蔲). 열매와 종자(種
子)는 약(藥)으로 쓴다. 이 꽃망울이 아직 활짝 피지 않았을 때를 함태화(含胎花)라 하여, 소
녀가 임신한 데에 비유하기도 한다. 두목(杜牧)의 시에 "어여쁘고 가녀린 열 서너 살 아가씨여
이월 초순의 두구 가지 끝같네.〔娉娉嫋嫋十三餘 荳蔲梢頭二月初〕" 하였다.

고, 자애로운 어머니는 죽어서도 딸 걱정에 마음을 써 줄 것이다. 한 줄기에 난 두 송이 연꽃처럼 부부사이 화목했고, 어여쁜 딸은 어느새 아이를 임신했다. 해산(解産)할 때까지 친정에 머무르면 좋겠지만 돌봐 줄 친정 엄마도 없으니 그도 마땅치 않다. 딸아이가 시댁에 가는 것을 전송하며 마음을 달래 보지만 가슴이 텅 빈 것처럼 아쉽기만 하다. 그래도 다시 만나는 날에는 딸아이와 손자와 셋이 만나게 될 터이니 조금은 위안이 되지 않았을까?

너보다 예쁜 꽃은 없단다

넌 적성에 있었고 난 설성에 있는데　　　　　　爾在赤城吾雪城

가을 밤 두 고을은 달 함께 밝으리라.　　　　兩鄕秋夜月同明

어느덧 이별한지 늦봄이 지났으니,　　　　　別來苒苒三春過

여기서 가자하면 백 리나 먼 길이네.　　　　此去悠悠百里程

늙은 아비 묵은 병 앓고 있음 어찌 잊었으랴.　可忘老爺淹舊病

시아버님 귀령 허락 다행히 받았구나.　　　　幸蒙尊舅許歸寧

이제부터 단란한 모임 머지 않음 알았으니,　　從今團會知非遠

기수 강가 살았던 딸의 마음 위로할 수 있으리.[17]　庶慰淇泉女子情

- 김영행(金令行), 「적성에 있는 홍씨 아내인 딸을 생각하며〔적성(赤城)
  은 양성(陽城)의 다른 이름이다. 시아버지를 따라가서 양성(陽城)의 관
  아(官衙)에 머물고 있다〕(憶赤城洪女(赤城, 則陽城別號. 隨其舅, 方留陽
  衙))」

설성(雪城)은 충청북도 음성(陰城)이고, 적성(赤城)은 경기도 안성
(安城) 지역이다. 두 땅은 백 리나 멀리 떨어져 있다. 서로 있는 곳은 다
르지만 달이 휘영청 밝게 떴으니 함께 달빛을 볼 수 있을 것 같다. 자신
은 오래 전부터 앓고 있던 병이 있었으니, 딸이 그런 아버지의 상태를
잊었을 리 만무하다. 그래서 시아버지께 귀령을 허락 받았다는 소식까

---

17 『시경』 위풍(衛風) 「죽간(竹竿)」 제2장에 "천원이 왼쪽에 있고 기수는 오른쪽에 있도다.
여자가 시집감이여 형제 부모를 멀리 하였도다.〔泉源在左, 淇水在右. 女子有行, 遠兄弟父母.〕"
라는 말에서 유래하였다. 여기서는 친정나들이 정도의 의미로 보인다.

지 듣게 되었다. 이제 얼마 있지 않으면 딸아이가 집에 돌아와 단란한 모임을 가지게 된다. 그때가 되면 딸아이를 만나 이런저런 시집살이의 푸념도 들어 주고 싶다.

너보다 예쁜 꽃은 없단다

국경의 전쟁이 7년이나 지연되어,	兵戈關塞七年遲
골육 간에 부질없이 꿈속에 간절했네.	骨肉空懸夢裏思
어머니 모시고 온 아이 장성해서 놀랍고,	將母却嗟兒歲長
어버이께 귀령하는 딸의 맘 슬픈 것을 유달리 느끼네.	寧親偏感女心悲
서릿발은 세차서 새 추위 몰려오니	風霜萩萩新寒入
도로는 멀고 멀어 묵은 병 따르겠지.	道路迢迢舊疾隨
노력하여 서로 만날 날을 다시 약속하니	努力重期相見日
세상일 때문에 다시 어긋나지 않기를.	無令世故更參差

• 이민구(李敏求), 「신씨의 아내가 아들 필화(弼華)와 함께 와서 귀성(歸省) 을 하고 돌아가므로 이별 할 때에 속내를 털어놓다(申氏女偕子弼華來省而 歸, 臨別見意)」

이민구는 윤씨 부인과의 사이에서 2남 1녀를 두었다. 그중 딸이 신 익성(申翊聖)의 둘째아들 신변(申昪, 1610~1664)과 혼인하여 신필화 (申弼華, 1626~1680)를 낳았다. 이 시는 딸과 외손자가 방문하였다가 돌아갈 때에 소회를 읊은 것이다.

임진왜란 7년 동안 부녀 간이 떨어져 있었다. 그간 딸아이를 꿈속에 서라도 만나길 간절히 바랬다. 딸아이는 손주를 데리고 왔는데, 그동 안 손주는 몰라보게 쑥 자랐다. 막상 만나서 좋았지만 또 헤어질 것을 생각하니 마음이 무겁다. 딸아이를 보내는 아쉬움도 아쉬움이지만, 아 무 탈없이 돌아가서 건강하게 다시 만나기를 바랄 뿐이었다.

사람 나서 세상의 난리를 만나	人生遭世亂
부녀가 서로 따로 살게 되었네.	父子各異方
너는 가면 어디로 가려 하느냐.	汝去欲何向
네 시아버지는 완양(完陽)에 있네.	汝舅在完陽
완양 땅이 먼 곳이 아니지만은,	完陽非遠地
가고 오는 사정도 자세히 알 수 없네.	去住不可詳
여자가 이미 시집 가게 되면	女子旣事人
가고 머묾 신랑을 따르게 되네.	行止隨家郎
슬픈 건 골육 사이 정일 것이니	所悲骨肉情
이별하게 되어 마음 어지럽다네.	離別值搶攘
어미와 헤어지면서도 돌아볼 줄 모르는데,	別母不回顧
아이 남겨 내 곁에 맡겨 두었네.	留子寄我傍
너의 마음 미루어 생각해 보면	言念爾中懷
칼날로 심장을 가르는 것 같겠지.	刃割迫心腸
바람과 파도에 떠다니는 부평초 한 잎 같으니,	風濤一萍蕩
만난다 해도 어찌 항상 같이 있을 수 있으랴.	會合焉所常
네가 문 나서 떠남을 위로하면서,	慰汝出門去
대낮의 햇빛을 올려다 보네.	仰視白日光
내 눈물이 줄줄 흐르는 것 훔치고,	收我淚縱橫
너의 곡소리 긴 것 듣게 되누나.	聽汝哭聲長
어느 때에야 전란을 물리쳐서,	何當豁氛祲

너보다 예쁜 꽃은 없단다

너 데리고 고향으로 돌아갈건가   挈汝歸故鄕

• 이민구(李敏求), 「신씨의 아내인 딸과 이별하며(別申氏女)」

  아버지와 딸은 난리 통에 따로 떨어졌다. 딸아이는 시아버지를 따라
완양 땅에 가게 되었다. 저간의 사정은 알 수 없지만 딸은 자신의 아이
들을 아버지한테 맡겨야 할 형편이었던 것으로 보인다. 딸은 뒤도 돌
아보지 않고 훌쩍 떠났으니, 차마 아이들을 보고는 발걸음이 떨어지지
않아서였다. 딸아이가 얼마나 가슴이 아플까 생각하니 자신의 마음도
한없이 무거워진다. 이렇게 기약 없이 헤어지면 언제나 다시 만날까
아득하기 짝이 없다. 자신은 눈물을 줄줄 흘리면서 연신 닦아내고, 딸
의 울음소리는 멀리까지 들려온다. 부녀 간에 피난 길에서 겪은 생이
별이 눈에 선하게 그려져 있다.

그
리
움
과

헤
어
짐

만나지 못할 때는 그립고 헤어질 때는 서럽다. 아이를 출가시키고 나면 늘 아이
를 만날 날을 기다리는 일 뿐이다. 그러나 언제나 기다림은 길고 만남의 시간은 짧
았다. 아이는 떠나고 또 다시 만날 날을 손꼽아 기다린다.

관하 내린 서리, 눈에 나그네 길 위험한데,　　關河霜雪客途危
타향에서 지내던 한 해가 가려 하네.　　異國光陰欲暮時
천 리 멀리 구름 속에 편지는 오지 않고　　千里碧雲書未返
침상 반을 비치는 달빛에 만날 꿈꾸지 못하네.　　半床明月夢偏遲
생전에 다시 만남도 예정하기 어려운데　　生前再會猶難定
죽은 뒤 만날 일을 어이 쉽게 기약하랴.　　死後重逢豈易期
눈 가득한 눈물에 두 옷소매 축축하니,　　雙袖龍鍾滿眼淚
세상에서 이와 같은 이별 어이 있을까?　　世間安有此相離

　　• 성여학(成汝學), 「원성(原城)에서 딸과 이별한다(原城別女息)」

　함경남도 원성(原城)에서 딸과 헤어지는 장면을 담았다. 그러지 않
아도 거칠고 험한 변방 땅에 서리와 눈까지 쳐서는 길이 더 험하다. 벌
써 여기서 생활한 지도 1년이 지나간다. 낮에는 먼 구름을 바라보며 편
지를 기다리고, 밤에는 꿈속에서라도 만나길 바랬다. 하지만 그 어느
것도 이루어지지 않았다. 딸과의 이별은 예정되어 있고 곧 헤어질 시
간이 다가온다. 혹시 이것이 딸아이를 보는 마지막 모습이라 생각하면
숨이 턱 막힌다. 살아서 다시 만날 약속을 잡는 것도 기약하기 어려운
데, 죽어서 다시 만난다는 말은 공염불처럼 들린다. 기어코 아버지도
딸도 눈물바람이 되어 버렸다. 험한 길을 따라 돌아갈 딸에 대한 마음
도, 거친 땅에 남아 있을 아버지에 대한 생각도 모두 다 가슴이 아리다.

9월에 회천(懷川)으로 가는 길에서, 九月懷川道

근심스레 네 가는 것 전송하노라. 悠悠送汝行

협곡 여울은 밤낮 흘러가는데, 峽灘日夜流

긴 언덕은 하늘가에 가로 놓였네. 脩坂際天橫

널 깊은 규방 속에 길러왔으니, 養汝深閨裏

문 앞 길도 알 수가 없을 것이네. 不識門前程

하루아침에 부모 떨어져서는, 一朝離父母

천리길 멀리 갈 일 생각하누나. 千里懷遠征

남쪽 지방 낙토(樂土)라 말들을 하니, 南方稱樂土

가을 곡식도 이미 익었으리라. 秋穀亦已成

너는 가서 주림, 추위도 없겠지만, 汝去無飢寒

나는 노쇠하여서 가슴 아프리. 吾衰自傷情

예쁘게 항상 옆에 있을 때에는 嬌婉常在側

옥처럼 어루만져 사랑했었지. 撫愛如珪珩

남의 아내 되는 일 뉘 알았으리? 孰謂爲人妻

내 눈에는 아직도 아기 같은데, 我猶視孩嬰

그저 원하는 건 부도를 행하여서는, 但願執婦道

삼가해 경솔함이 없게 하여라. 屬屬自無輕

- 김이곤(金履坤), 「둘째 딸이 회천으로 돌아가는 것을 전송하다(送仲女歸
  懷川)」

정황상 처음 시집 보내는 장면이라기보다, 친정에 있다가 아예 시댁으로 살러 들어갈 때에 쓴 시로 보인다. 애지중지 문밖 출입도 조심시키면서 길렀던 딸아이가 천 리 떨어진 먼 길을 떠난다. 그래도 회천(懷川)은 풍성한 곡식에 따스한 기후라 살기에 적당한 지역이니 조금 마음이 놓인다. 그러나 늙은 나이에 겪는 딸과의 헤어짐에 더욱 마음이 무너져내린다. 혹시나 지금이 마지막으로 딸아이를 보는 것은 아닐까 하는 생각도 든다. 부모의 눈에는 항상 아기인데 어느새 훌쩍 커서 다른 사람의 아내가 되었다. 어려서 귀여운 마음에 보듬고 안아주던 옛일이 떠오른다. 이제 아빠의 곁을 떠나니 시댁에서도 한 치의 어긋남 없이 제 몫을 다해주기를 마지막으로 당부했다. 아스라이 저 멀리로 사라져 가며 희끔희끔 돌아보는 딸, 또 그 모습이 보이지 않을 때까지 바라보는 아빠의 모습이 그려진다.

너보다 예쁜 꽃은 없단다

옛 둥지에서 갑작스레 꿈 하나 끝났으니   舊巢遽然一夢罷
새끼들 사방으로 뿔뿔이 흩어졌네.   群雛東北各相離
날개 쭉지 아래에서 부리 모으는 일 없게 되었지만,   翼下未令交聚口
바닷가 혼자 날 때 어떻게 참을텐가.   海天那忍獨飛時

• 정제두(鄭齊斗), 「딸아이에게 주다(贈女兒)」

정제두는 1남 1녀를 두었다. 같은 집에서 아웅다웅 살던 일이 엊그
제 같지만, 이제 생각해 보니 꿈속의 일인 것만 같다. 자식들은 어느덧
장성해서 제 살길을 찾아 모두 살림을 차려 떠나갔다. 자신의 슬하에
서 일제히 떠들고 떼쓰며 웃고 울었던 일은 더 이상 기억에서만 찾을
수 있다. 또 다시 딸아이 하나가 자신의 품을 떠나게 되니 섭섭한 마음
을 금할 길이 없다. 부모와 자식을 새와 병아리에 빗대서 표현한 점이
이채롭다. 결국 자식이 홀로 날아오르는 시간까지가 부모의 몫이다.
이제 안쓰럽고 대견하지만 그저 따스하게 지켜볼 수밖에 없다.

혈육 간에 먼 곳에서 기쁨도 막혔으니 骨肉天涯阻一歡

오늘 저녁 다 함께 단란하게 지낼 줄 알았던가. 豈知今夕共團圞

강산이 쓸쓸하니 한 해 감에 놀라게 되고, 江山寥落驚年暮

등불의 푸른 빛에 밤 늦게 이야기하네. 燈火靑熒話夜闌

앉은 데 가까운 매화에 웃음을 찾을 만하고,[18] 坐近梅花堪索笑

술잔 꽉 찬 죽엽주로 추위를 쫓으려 하네. 杯深竹葉欲排寒

만났지만 세 사람 다 못 모인 것 애석하여, 相逢惜未成三影

남산 쪽 쳐다 보니 길은 아득히 멀기만 하네. 回首終南路渺漫

• 김이만(金履萬), 「둘째 딸은 율리(栗里)에서, 셋째 딸은 해평(海平)에서 함께 이르렀으나 첫째 딸은 서울에 있어서 오랫동안 소식이 없으므로 그 자리에 있었던 일로 시를 쓰다(二女自栗里 三女自海平俱至 長女在京 久無消息 卽事成詠)」

김이만에게는 1남 3녀가 있었다. 아들은 김상석(金相錫)이었고, 첫째 딸은 허필(許佖), 둘째 딸은 홍호길(洪虎吉), 셋째 딸은 최광악(崔光岳)에게 각각 시집을 갔다. 어떤 일인지 모르지만 가족들이 모두 모이는 자리였는데 그 중 첫째 딸은 참석치 못하게 됐다.

뿔뿔이 흩어져 살다가 이날 저녁 가족이 한 자리에 모였다. 벌써 한

---

18 두보(杜甫)의 「사제관부남전취처자도강릉희기(舍弟觀赴藍田取妻子到江陵喜寄)」 시에 "처마를 따라 매화 찾아서 함께 웃으렸더니, 찬 꽃부리 성긴 가지 절반만 웃음을 금치 못했네.〔巡簷索共梅花笑 冷蘂疎枝半不禁〕"라고 한 데서 온 말이다.

너보다 예쁜 꽃은 없단다

해가 훌쩍 간 것에 놀라며 간만의 해후에 반가워서 밤이 늦도록 이야기꽃을 피운다. 앉은 자리 옆에 핀 매화를 화제로 까르르 웃고, 잔 가득히 죽엽주를 따라서 추위를 쫓아 본다. 그러나 기쁜 마음에도 자꾸 마음이 쓰이는 건 함께 자리 하지 못한 맏딸 때문이다. 혹시 하며 먼 서울 쪽 길을 흠칫흠칫 자꾸자꾸 쳐다 보게 된다.

●

농가에 비 내리지 않더라도	不有田家雨
행인들은 오래도록 머물 수 있네.	行人得久淹
기쁘게 자손 만나 취하게 되어	喜逢子孫醉
잠은 묘시 지나도록 달게 잤노라.	睡過卯時甘
냇물이 출렁대자 마름은 둑에 있고,	川漾萍棲埭
바람 돌자 꽃은 발〔簾〕을 쳐대고 있네.	風廻花撲簾
내 시가 아직도 덜 지어졌으니,	吾詩殊未就
부질없이 돌아갈 채비 말아라.	莫謾整歸驂

* 김시보(金時保), 「비가 내리는 중이라서 맏딸이 가는 것을 만류하다(雨中 挽長女行)」

비 때문이 아니더라도 길손은 오래 머물 수 있다. 그런데 지금은 비까지 내리고 있으니 딸아이가 조그만 더 곁에 있어 주었으면 한다. 조선 후기 선비인 윤최식(尹最植)은 『일용지결』에서 선비들의 기상시간이 여름에는 새벽 2~4시, 겨울에는 4~6시였다고 하였다. 묘시라면 좀 늦은 기상시간이라 할 수 있다. 자식들을 만난 기쁜 마음에 흠뻑 취해서, 평소보다 늦게까지 모처럼 달게 잤다. 출렁대는 냇물에는 마름이 둑에 이리저리 떠 있고, 바람이 훅 불자 꽃은 발〔簾〕에까지 날아온다. 이 일상적인 풍경들이 눈에 뜨이고, 더욱 아름다운 건 사랑하는 딸이 옆에 있어서다. 딸아이를 생각하는 마음을 담은 시를 채 쓰지도 못했는데 딸은 벌써 돌아간다고 부산을 떤다. 비가 온다고 어떻게 꼭 가

너보다 예쁜 꽃은 없단다

야 할 사람이 가지 않을 수야 있겠나. 그렇지만 비라도 쏟아져서 그 핑계를 대서라도 딸을 옆에 두고픈 아버지의 마음을 담았다.

키가 겨우 한 자쯤 되었을 적에　　　　　身長纔滿尺

아는 것이 벌써부터 어른 같았네.　　　　知識已成人

언문 배워 편지 곧 통하게 되고,　　　　　學諺方通札

옷 지을 때 이웃사람 손 빌지 않았네.　　裁衣不借隣

만 리 떨어진 먼 길 함께 와서는,　　　　同來天萬里

춘삼월 딸만 혼자 떠나게 됐네.　　　　　獨去序三春

앉아서 따져보니 돌아갈 길 멀어서,　　　坐算歸程遠

적막한 물가에서 시름 생기네.　　　　　愁生寂寞濱

• 소두산(蘇斗山), 「서녀가 집으로 돌아가는 것을 전송하며(송광천의 아내
　이다)(送庶女還家(宋光梴室))」

소두산은 본처에게 딸 하나를, 측실에게 딸 둘을 두었다. 측실에게
얻은 첫째 딸은 이재화(李載華)에게, 둘째 딸은 송광천(宋光梴)에게 각
각 시집을 갔다. 이 시는 둘째 딸에게 준 것이다. 딸아이는 아주 자그
마할 때부터 총명해서 어른같은 아이였다. 언문을 곧잘 배워 한글 편
지쯤은 줄줄 읽었고, 손재주도 제법 있어 다른 사람들의 손을 빌리지
않고서도 옷을 척척 만들었다. 무슨 일인지는 분명치 않지만 집을 떠
나 딸과 함께 먼 길을 떠났음은 분명하다. 그러다 딸만 집으로 돌아갈
상황이 생겼다. 그나마 날씨가 좀 풀린 봄날이어서 마음이 놓인다. 조
용한 곳에서 가만가만 생각해 보니 돌아갈 길이 너무 먼 것이 마음 쓰
인다. 딸아이를 혼자 보내는 아버지의 걱정하는 마음을 담았다.

어린 딸 한밤중에 벽을 향해 울어대며,	少女夜中向壁啼
꿈 속에서 언니를 보았다 말을 하네.	自言夢見權家婦
창에서 말도 없이 턱 괴고 앉아서는,	窓間寂默坐支頤
관산(關山)으로 홀로 떠난 아비를 염려하리.	應念關山獨去父

- 이항복(李恒福), 「21일에 안변(安邊)의 민가(民家)에서 잤다. 그런데 딸
  아이가 한밤중에 일어나 매우 구슬프게 울면서, 꿈에 권씨 집에 출가한
  언니를 보았다고 하였다. 무슨 일을 말하더냐 물으니, 한 마디 말도 없었
  다고 하기에 서글퍼서 시를 짓는다(二十一日 宿安邊民家 女亥夜起 啼甚悲
  云 夢見權姊 問道何事 曰無一語 遂悲愧成詩)」

1618년 그의 나이 63세에 북청(北靑)으로 유배 가는 도중에 지은 작
품이다. 이 때 "철령(鐵嶺) 높은 봉(峰)에 쉬어 넘는 저 구름아 고신원
루(孤臣寃淚)를 비 삼아 띄어다가 임 계신 구중심처(九重深處)에 뿌려
본들 어떠리"라는 시조를 읊었다. 이 시조는 「철령가(鐵嶺歌)」 혹은
「함관곡(咸關曲)」으로 알려져서 북관(北關)의 기생들이 애송하였으며,
송시열, 남구만 등이 한역하기도 했다.

이항복은 본처에게 2남 1녀, 측실에게 2남 2녀를 각각 두었다. 측실
의 소생인 첫째 딸은 권칙(權侙)에게 출가하였다. 고된 유배 길에 어떤
집에서 묵게 되어 금세 잠에 골아 떨어졌다. 한밤중 벽 쪽에 등을 돌리
고 자던 막내딸의 울음소리가 나서, 퍼뜩 놀라 잠에서 깨어 까닭을 물
었다. "시집간 언니 꿈을 꾸었는데, 아무 말도 하지 않았어요" 그 말에

아버지는 부여잡고 있었던 마음 한 자락이 다시금 무너져 내린다. 꿈에서라도 딸의 소식 한 자락 듣고 싶었는데 그마저도 여의치가 않다. 생각해보면 아마도 유배간 아비 생각에 근심하느라 딸아이는 말도 없었던 것 같다. 유배 떠난 아버지를 둔 출가한 딸의 심정이 전해진다.

너보다 예쁜 꽃은 없단다

자식을 사랑하는 부모 마음은   愛子父母情

반드시 아들 딸을 따질 것 없네.   不必論男女

얼마 전 집에서 온 편지를 보니,   昨見家中書

너 벌써 말을 할 줄 안다 하더군.   道汝已能語

• 홍세태(洪世泰), 「아봉이를 그리워 하며(憶阿鳳)」

자식을 사랑하는 마음이야 아들, 딸에 차별이 있을 리 만무하다. 어
린 딸을 집에 놓고 왔으니 눈에 자꾸만 밟힌다. 얼마 전에 집에서 온 편
지를 받아 보니 아이가 벌써 말문이 트였다는 소식을 들었다. 당장 달
려가 안아 보고 싶지만 멀리 떨어져 그럴 수는 없어 안타깝기만 하다.

●

어린 딸 외롭게도 혼자 집에 남았는데,	穉女伶俜獨在家
엄마 없자 갑절이나 아비를 그리워했네.	自從無母倍憐爺
돌아올 때 비단치마 입혀준다 했더니만	歸時謂與羅裙着
이웃집 아이에게 눈물 씻고 자랑했네.	猶向隣兒拭淚誇

• 신광수(申光洙), 「총수산에서 달밤에 집을 생각하며 짓다(蔥秀月夜
憶家諸作)」6수 중 5수

이 시는 관서록(西關錄)에 실려 있다. 1760년에 49세의 나이에 송도
(松都), 황주(黃州), 해주(海州) 등지를 유람하며 지은 52제(題)의 작품
을 지었다. 45세 때에는 부인 윤씨를 잃고 46세 때에는 과거 공부를
그만 두었다. 어디 마음 붙일 곳이 없는 탓에 그는 이리저리 떠돌아
다녔다.

엄마도 없는 딸아이를 집에 혼자 남겨 놓았으니 마음이 여간 쓰이는
것이 아니다. 돌아올 때 비단치마 사서 온다고 어르고 달래자 천상 어
린애라 금세 눈물을 훔치며 이웃집 동무에게 자랑을 하였다. 혼자 먼
곳에 떨어져 있지만 언제나 마음은 아이에게 가 있다. "아빠가 곧 돌아
가서 꼬까옷 입혀 줄게"

너보다 예쁜 꽃은 없단다

세 아내 만에 비로소 널 안았으니	三妻始抱汝
맏이로 태어남이 너무 늦었네.	嫡出太晚晼
모름지기 남녀를 따질 것 없으니,	不須辨男女
아름다운 모습이 가장 예쁘네.	美姿最嬌婉
이미 벌써 숙녀의 풍도 있어서,	已有女士風
이른 명예 규방에 무성하구나.	早譽藹閨闈
평소 가난 말하길 싫어 했으니	平生厭說貧
애비 뜻을 네가 잘 헤아리누나.	父意汝能忖
아직도 기억나는 건 시집가는 날	尚記臨行日
머나먼 타향 값을 깊이 탄식했네.	深歎異域遠
내가 돌아가면 배불리 먹으리니	吾歸須一飽
엄마 도와 국과 밥 지어다오.	贊母作羹飯

- 조관빈(趙觀彬),「딸아이를 생각하다(김노직의 아내이다)(憶女兒, 金魯直
  妻)」

조관빈은 세 아내를 얻었지만 그토록 바라던 자식을 갖지 못하다
가 46세에 어렵사리 딸을 얻었다. 여자 아이라고 실망할 것이 없으니
어여쁜 모습이 아름다웠다. 아이는 어려서부터 남달랐다. 평소에도
가난이 지겹다고 아빠한테 징징거릴 만도 한데, 아빠의 마음을 헤아
려서 티도 내지 않았다. 다만 너무 멀리 시집가는 것이 안타까웠는데
아직도 그 장면이 눈에 선하다. "아빠가 집으로 돌아가면 엄마 도와서

그리움과 헤어짐

따순 밥 한 술 먹게 해다오. 반찬이야 뭐가 필요하겠니 네 얼굴만 본다면……"

너보다 예쁜 꽃은 없단다

너 또한 어미 없는 자식이어서,	汝亦無母兒
가슴 아픈 생각 늘 많이 있었네.	常多閔憐意
좋은 자질에 퍽이나 총명해서,	美質頗明慧
친족들이 몹시 아빠 닮았다 했지.	親黨謂甚類
시집가서 생활에 고생이 많았지만,	嫁歸多喫苦
도와주려 해도 여의치 아니하였네.	欲助貧未易
너는 더러 웃으며 내게 말하길,	汝或笑謂我
"다른 아이들보다 더 사랑해주셨죠"	愛不他兒比
네 엄마는 옛날에 널 키우는 노고 있었으니	汝母昔有勞
하물며 네가 차마 잊을 수 있겠는가.	況汝忍忘棄
내가 집에 돌아갈 때를 기다려	且待吾還家
일쩍 오렴, 술과 음식 준비해둘 터이니.	早來酒食備

• 조관빈(趙觀彬), 「서녀를 생각하며(원중려의 아내이다)(憶庶女, 元重
呂妻)」

엄마 없이 자란 딸이라 더욱 마음이 애틋하였다. 그렇지만 총명하여
서 일가 친척들이 "아빠 닮아 그렇군" 입을 모아 말을 했다. 어느덧 시
집을 가서 생활이 어려웠지만 자신이 도우려 해도 형편이 허락지 않
았다. 그런데도 그런 자신을 위로하듯 "다른 자식 중에서 저를 사랑해
주셨죠" 한다. 딸의 기억에 남아 있을지 모르지만 엄마가 딸을 키우느
라 무진 애를 썼다. 그러니 그런 엄마를 꼭 잊지 말았으면 하는 바램을

가졌다. 언제인지 알 수는 없지만 "내가 집에 돌아갈 때가 되면 한달음에 아비를 찾아오거라 내가 좋은 음식을 차려 놓을터이니"라 다짐해 본다.

너보다 예쁜 꽃은 없단다

오직 너를 딸들이 무시하여서,　　　　　　惟汝女之賤

온 집안이 널 모욕하고 업신여겼네.　　　　一家所輕侮

하물며 어미 잃은 놈이었으니,　　　　　　況是失母者

나 아니면 그 누가 가여워하랴.　　　　　　非我孰恤撫

방 안에 가득한 아이들 중에,　　　　　　　滿室穉兒輩

가엾게도 너만 매번 혼자 있었지.　　　　　憐汝每踽踽

네가 착하기 때문에 사랑하노니　　　　　　良善是所愛

사람 골라 유모를 삼아주었네.　　　　　　擇人俾作姆

자랄 때 어미 생각에 눈물 흘렸고　　　　　長時憶母淚

나를 이별할 땐 마음 더욱 괴로웠지.　　　　別我心更苦

내가 이 시를 짓는 것은　　　　　　　　　所我作此詩

또한 여러 애들 나무라기 위해서이네.　　　亦以諸兒數

- 조관빈(趙觀彬),「둘째 딸을 생각하며(구선형의 아내이다)(憶次女 具善
  亨妻)」

　　조관빈은 2명의 처와 1명의 측실이 있었다. 이 시에 나오는 둘째 딸
은 두 번째 부인의 소생이었다. 조금 몸이 불편한 아이였던 것으로 보
인다. 그래서 다른사람에게 대접도 받지 못하고 천덕꾸러기로 자랐다.
게다가 엄마도 일찍 죽었으니 마음이 더 쓰이지 않을 수 없었다. 방에
가득 아이들이 많았지만 이 아이는 어디에도 끼지 못하고 외톨이로 지
냈다. 그래도 착한 마음씨만은 누구 못지않아서 어려운 형편에 유모를

구해 주었다.

이 시는 동지부사(冬至正使)로 연경(燕京)에 갔을 때 썼다. 이때 지은 작품들 중에 12명의 형제와 자식들을 일일이 언급하며 지은 시가 있는데 그 중 마지막 작품이다. 이 시는 서녀보다도 뒤에 위치했다. 정확히 확인할 수는 없지만 몸이 좀 불편하여 다른 자식들과는 달랐던 것 같다. 부모가 부족하고 안된 자식에게 마음이 더 가는 것은 인지상정이다. 몸이 불편한 딸에 대한 연민을 담담히 썼다.

너보다 예쁜 꽃은 없단다

눈물을 쏟으면서 작별하고 떠나니

공무에 바쁜게 탄식스럽네.

사흘 밤 내내 촛불 사르며 지내기도 했고,

온종일 삿대 멈춰 머무르기도 했네.

엄광(嚴光)이 엄뢰에서 낚시질한 건 천 년의 승사였고,

도연명이 시상(柴桑)에서 은거한 건 만고 호기로운 일이었네.

바람 속에 두 사람 그리워하니

가고픈 생각 계속 일어나누나.

涕出分離際　堪嗟吏役勞

三宵燃燭跋　盡日駐舡篙

釣瀬千年勝　柴桑萬古豪

臨風懷二子　歸思漫滔滔

• 강백년(姜栢年), 「여강(驪江)으로 떠날 때에 딸들이 내가 돌아간다고 눈
물을 흘렸으니, 걱정하는 마음이 없을 수가 없어서 짤막한 율시 한 수를
읊노라(發向驪江之際 女兒輩揮涕辭歸 不能無眷戀之意 仍吟短律)」

1662년 강백년(나이 60세)은 여주 목사(驪州 牧使)가 되었으니, 이즈
음에 지어진 시로 보인다. 새로운 임지로 떠나게 되어 딸아이들과 헤
어지니 마음이 울적하다. 삼일동안 밤새 딸들과 도란도란 못다 한 이
야기를 나누기도 했다. 하지만 막상 돌아가려 하니 쉽게 배를 출발시
킬 수는 없었다. 엄뢰(嚴瀬)는 중국의 절강성(浙江省) 동려현(桐廬縣)

의 동강(桐江)에 있는 지명으로 엄릉뢰(嚴陵瀨)라고 하는데 보통 은거하는 곳을 뜻한다. 후한(後漢)의 은사(隱士)인 엄광(嚴光)이 은둔하여 낚시질한 곳이라 전한다. 또, 시상(柴桑)은 강서성(江西省)에 있는 산 이름인데, 진(晉) 나라의 고사(高士) 도연명(陶淵明)이 이곳에 은거했었다. 둘 다 은거해서 유유자적 인생을 즐겼던 사람들이다. 떠나자니 이 두 사람이 그리운 것은 늘그막 벼슬길에 나가는 것보다 그저 큰 욕심내지 않게 딸들과 지내고 싶다는 말에 다름 아니다. 딸들에게 돌아가고픈 아버지의 마음도, 아버지를 떠나보내고 눈물 흘렸을 딸들의 마음도 모두 다 가슴 아리다.

너보다 예쁜 꽃은 없단다

시집간 딸 이별한 지 벌써 칠 년 지났는데,　　　有女暌離已七年
지금에는 홍천 땅에 몸 두고 사는구나.　　　卽今流落古洪川
다정한 편지 몇 장에 마음은 오히려 겁이 나　　多情數紙情還㤼
동쪽 구름에 머리 돌리니 망연하기만 하네.　　回首東雲但憫然
〔내 사위 송일준(宋一雋) 평재(平哉)는 은진 땅의 대대로 이름난 집
안 사람이었다. 그런데 집이 가난해져 떠돌아 다니다가 강원도 홍
천현에서 우거하는데 덕옹과 한 마을에 산다(余女壻宋一雋平哉 恩津
世族 家貧流落 寓居關東之洪川縣 與德翁同里閈)〕

• 김려(金鑢), 「황성리곡(黃城俚曲)」 중에서

김려는 2남 2녀를 두었다. 여기 나오는 주인공은 첫째 딸이다. 시집
을 보내고 7년 동안 만나지 못했다. 가난해서 이리저리 떠돌다 겨우 홍
천 땅에 산다는 소식만을 들었다. 그간 보내온 몇 통의 편지만을 통해
서 딸아이의 근황을 들을 뿐이었다. 그 살뜰한 편지 행간에서 읽히는
고달픈 흔적이 아프고 시리다. 눈물이라도 떨어질 것 같아서 동쪽 구
름에 고개를 돌려 쳐다본다. 아무 것도 해 줄 수도 없는 아버지의 안타
까운 심정이 엿보인다.

늙어 병 들자 마음 약해졌는데,	老病心懷弱
부모 정은 귀하나 천하나 같네.	慈情貴賤同
평소에는 병 걱정 드물게 했고,	素稀憂疾恙
다행히도 빈궁을 생각 않았네.	幸不念貧窮
잠시 작별 하는 길 멀잖았으니,	蹔別程非遠
신정 되어 처음으로 소식 통했네.	新正信始通
가련쿠나 네가 한결같은 맘으로	憐渠一片意
아흔 살 된 나를 믿고 있음이.	恃我九旬翁

• 목만중(睦萬中), 「해가 바뀐 뒤에 처음으로 서녀의 편지를 받았는데 곧 그 시아버지가 벼슬하고 있는 호현에 따라 간다고 했다(歲後初得庶女書 方隨其舅官湖縣)」

늙은데다 병까지 드니 마음은 예전처럼 강건하지 않고 쉽게 약해진다. 부모의 마음이야 적자(嫡子)든 서자(庶子)든 다를 바 없다. 그래도 딸아이가 평소 건강하고 가난하지 않으니 좀 마음이 놓인다. 자신과 그리 멀지 않은 곳으로 딸아이가 오게 되어 해가 바뀐 뒤 금세 편지를 받게 되었다. 예나 지금이나 한결같은 마음으로 늙고 병든 아버지를 따르고 있는 딸에 대한 고마운 마음을 담았다.

너보다 예쁜 꽃은 없단다

딸이 어여쁜 건 나이 가장 어려서인데,	有女憐渠年最少
총명함이 산염 시를 말할 만 했네.	聰明堪說散鹽詩
이별이 바로 내가 노쇠한 날에 미쳤으니,	違離正及吾衰日
아양은 무엇이 어미가 살았을 때와 같겠는가.	嬌愛誰如母在時
시집을 보냈으니 일찍이 난새같은 사위 따라갔고,	嫁與曾從鸞字壻
자식 생겼으니 이미 봉모[19]같은 아이 봤네.	雛生已見鳳毛兒
근래에 거처 옮겨 어려움 심하다 들었으나,	近聞遷次囏難甚
지난 달에 편지가 왔을 때 알지 못하였네.	前月書來不遣知

• 신유(申濡), 「딸(有女)」

　자식 중에 가장 어린 딸이라 눈에 넣어도 아프지 않다. 산염(散鹽)이란 옛날 진(晉) 나라 사안(謝安)의 조카 사랑(謝朗)이 눈발이 휘날리는 것을 보고는 "소금을 공중에 뿌려 놓은 것에 그런대로 비유할 만하다. 〔散鹽空中差可擬〕"라 했다는 데에서 나온 고사다. 곧 딸이 총명하여 눈을 기가 막히게 표현했던 산염 시를 지을 만하다고 했다. 곁에 있어도 제 엄마가 먼저 세상을 떠나서 아빠한테 그리 살가운 딸은 아니었다. 그렇지만 늘그막에 딸아이와 이별하게 되니, 아쉬운 마음이 든다. 그나마 훌륭한 남편에게 시집을 가서 뛰어난 아이를 낳았으니 걱정은 한결 덜었다. 그런데 지난달 편지가 왔을 때만 해도 몰랐었는데 최근에

---

19 봉모(鳳毛): 부조(父祖)처럼 뛰어난 재질을 소유한 자손을 가리키는 말이다.

거처를 옮겨 어려움이 심했다고 들었다. 부모는 자식을 낳는 순간 평생토록 걱정이 현재진행형일 수밖에 없다. 걱정꺼리가 없어도 걱정이 된다. 하물며 걱정꺼리가 생기니 언제나 묵은 체기(滯氣)가 올라오는 느낌이었다.

너보다 예쁜 꽃은 없단다

●

자식 향한 사사론 정 늙을수록 알게 되는데　　　舐犢私情老益知
노령에 먼 이별 하니 어찌 슬픔 감당하랴.　　　頹齡遠別詎堪悲
쓸쓸히 앉아서는 숲속 새를 부러워 함은,　　　悄然坐羨林間鳥
밤낮으로 새끼 끌고 꼭 붙어 다녀서네.　　　曉夕將雛不暫離

• 윤진(尹搢), 「심씨에게 시집간 딸과 이별하다 갑술년에 짓다(別沈女 甲
  戌)」

　1694년 윤진의 나이 64세 때에 지은 시이다. 늙을수록 자식에 대한
정은 새록새록 더해간다. 그런데 이제 딸아이와 이별을 하게 되니 살
아생전 다시 볼 수나 있을까 하는 생각이 들어 더더욱 감당키 어렵다.
가만 보자니 숲속에 있는 새들이 참으로 부럽기만 하다. 아침저녁으로
새끼들을 데리고 저리 붙어 다니는 것이 얼마나 보기 좋은가.

딸아이가 저고리를 새로 지어 주었으니　　　　　　阿女新成一領襦

추위 오자 아비 몸을 가려주려 해서였네.　　　　　寒來欲掩老爺軀

비단옷이 나에게는 끝내 안 어울려서　　　　　　帛衣於我終無分

오늘날 좀도둑이 훔쳐가게 되었구나.　　　　　　今日還輸狗鼠偸

사마(司馬)의 푸른 적삼 허수아비 같기에　　　　　司馬青衫等芻狗

늙어서 쓸모 없어 상자에 넣어뒀었네.　　　　　老來無用篋中藏

도둑놈도 임금 은혜 중한 줄 알아서는　　　　　偸兒亦知君恩重

각별하게 보존하여 감히 안 다치게 했으면 하네.　特地留存不敢傷

양초 한 쌍을 충청감영에서 보내왔는데,　　　　　蠟炬一雙自錦營

잘 간직해 때 기다려 밝히려 하였다네.　　　　　藏之珍重待時明

지금은 남이 훔쳐간 건 아깝지 않지마는　　　　如今不惜人偸去

다만 멀리서 보내준 정을 허투루 버린 것 한스럽네.　但恨虛抛遠寄情

• 유의건(柳宜健),「딸아이가 나를 위해서 비단 저고리 한 벌을 지어 주었
다. 그런데 아까워서 입지 못하고 책을 넣어두는 농짝 속에 간직해 두었
다가 좀도둑에게 도둑 맞았다. 게다가 충청도 관찰사가 보내준 초 한 쌍
과 다른 옷을 잃어버렸다. 다만 푸른 적삼 한 벌만이 남아 있었다(女兒爲
我製帛襦一領 愛惜不着 藏冊籠中 見失於狗偸 並失錦伯所送蠟燭一雙及他衣
服 只留青衫一件)」

　딸아이가 정성스럽게 비단으로 겨울철 옷 한 벌을 지어 보냈다. 혹
시라도 옷에 흠집이라도 생길까봐 차마 입지 못하고 간직하다가 좀도

둑한데 도둑을 맞았다. 속상하지만 자신이 귀한 옷 입기에는 어울리지 않는 사람이라고 스스로 위로하였다. 게다가 충청도 관찰사가 보내준 초와 다른 옷 몇 벌도 함께 잃어 버렸다. 다만 도둑이 한 벌의 푸른 적삼만은 남겨 두었다. 도둑질 당한 것이야 운명이어서 아깝지 않다지만, 그것을 멀리서 보내준 정성이 헛수고가 된 것만 같아 속상했다. 또, 잃어버린 물건들이 다 아깝기는 하겠지만, 특별히 딸아이가 만들어 보내준 옷 때문에 마음이 더 좋지 않았을 것이다. 아버지를 생각해서 옷을 만들어서 보내준 딸과, 그 옷을 차마 입지 못하고 아끼다가 도둑을 맞은 아버지의 마음이 따스하게 전해온다.

눈에서 삼삼하게 어른대는 세 아이   森然在眼是三兒

자라서 결혼하려면 십 년은 있어야 하리.   長麈成婚少十朞

어릴 때에 어미 잃어 유난히도 예뻐했는데, 失母弱年偏婉戀

중년이 된 아비를 의지하여 보살핌 받았지. 倚爺中歲賴扶持

헤어진 뒤 잘 먹고 잠은 잘 자는지   別來眠食能安未

가을 이후 춥고 배고프면 누군가 꼭 도와주리. 秋後寒飢定救誰

너희들은 병 없이 잘 지내기 바라고   好在爾曹無疾病

더구나 맛난 음식으로 엄마를 받들어야 하리. 更將甘旨奉親慈

• 유명천(柳命天), 「딸을 생각하다(憶女)」

이 시는 경신대출척(1680년)으로 지례(知禮)에 유배되었다가, 다음
해인 1681년 그의 나이 49세 때 음성현(陰城縣)에 양이(量移)된 뒤에
지어졌다. 유명천은 세 명의 아내가 있었다. 첫 번째 아내는 신기한(申
起漢)의 딸이고, 두 번째 아내는 조송년(趙松年)의 딸이며, 세 번째 아
내는 이수빈(李壽賓)의 딸이었다. 앞선 두 부인에게 세 명의 딸이 있었
다. 집에 두고 온 세 명의 딸아이가 자꾸 눈에 밟힌다. 딸은 아직도 혼
인할 때까지 자라려면 10년쯤 모자라는 소녀에 불과하다. 어릴 때 엄
마를 잃어 아빠를 유난히도 따랐고, 제법 자랄 때까지 아빠의 보살핌
을 받았다. 아빠와 헤어진 뒤에 먹고 자는 것은 편안한지, 가을 뒤에
찾아오는 추위에 고통스럽지도 않은지 마음이 여간 쓰이지 않는다. 마
지막으로 아이들이 아무런 병없이 지내고, 새엄마를 잘 봉양해 줄 것
을 당부했다.

예사로운 이별도 모두 다 놀라운데   尋常離別摠堪驚

더군다나 인간세상에서 부자 간 정이랴.   何況人間父子情

풀 향기 나는 강남에 봄이 다 가려는데,   芳草江南春欲暮

흰머리로 근심하며 앉아서 닭소리 듣네.   白頭愁坐聽雞鳴

적라[20]의 공관(公舘)에서 술에서 깨어보니,   赤羅公舘酒初醒

꿈속에 아련하게 네 모습 보았다네.   夢裏依俙見汝形

깜짝 놀라 일어나서 창문 열고 밤빛 보니,   驚起開窓看夜色

새벽녘의 처마 밖엔 비 자욱히 내렸네.   五更簾外雨冥冥

〔이때에 군위(軍威)에서 자고 있었다〕   〔時宿軍威〕

• 배삼익(裵三益),「이씨에게 시집간 딸을 그리워하며(有懷李氏女)」

　일상적인 이별도 시리고 아픈 법이다. 하물며 이별하는 대상이 자식
이라면 더더욱 마음이 아플 수밖에 없다. 늦봄에 풀들이 무성할 때에
흰머리로 새벽까지 잠을 못 들고 닭소리가 들릴 때까지 앉아 있다. 딸
을 보내고 나니 더욱 마음이 횅해서 잠도 오지 않는 밤이다. 아쉬운 마
음 달래 보려고 술을 한 잔 마시고 잤는데 꿈속에서 딸아이를 보고서
새벽에 잠이 깼다. 일어나서 창문을 열어 보니 새벽비가 주룩주룩 내
리고 있어, 텅 빈 마음을 더 스산하게 만든다.

20 적라(赤羅) : 군위(軍威)의 옛 지명이다.

일찍이 남편 잃고 그 후 어미 잃었는데   早喪所天中喪母
곱디 고운 8살 아이 잘못되게 되었구나.   娟娟八歲子隨訛
하늘이 너에게만 심한 독 치우치니,   天其向汝偏窮毒
또한 내게 잘못된 일 있어서 아니겠나.   勿亦於吾有僭差
난 이미 저를 믿고 봉양을 맡겼는데   我已恃渠調水菽
저 애는 도리어 날 따라 생애를 맡기었네.   渠還從我托生涯
궁한 길에 기대함이 둘 다 얕지 않은데,   窮途相待兩非淺
어찌하여 병은 다시 너에게 걸렸는가.   災疾何爲更汝加

• 이윤경(李潤慶), 「윤씨에게 시집간 딸이 병에 걸렸다는 말을 듣고 회포를 쓴다(聞尹氏女得病書懷)」

이윤경은 3남 4녀를 두었다. 여기 등장하는 딸은 딸 중에서 두 번째 딸이다. 부모는 잘된 아이보다 잘되지 않은 아이에게 더욱 마음이 쓰인다. 딸아이는 일찍 과부가 되고 엄마도 잃고 아이까지 잃었다. 딸에게 이렇게 가혹한 시련이 몰아닥치는 이유는 아마도 아빠인 자신이 잘못한 일들 탓인 것만 같다. 그렇지 않다면 이렇게 예쁜 딸아이에게 이런 일들이 연이어 벌어질 까닭이 없다. 어쨌든 아빠는 이 딸의 봉양을 받았고 딸은 아빠에게 의지하였다. 그런데 이것이 웬일인가? 딸아이는 몹쓸 병까지 걸리고 말았다. 운명은 때때로 삶의 의지마저 무너뜨린다. 이 딸은 결국 병에서 나았을까? 몹시도 궁금하다.

너보다 예쁜 꽃은 없단다

푸른 바다 그 누가 깊다 했던가.　滄海誰深淺

늙은이가 딸 보내는 정보다 깊지 않아라.　衰翁送女情

남은 술 시내 위에 놓여 있었고,　殘樽溪上在

큰 고개는 촛불 너머 가로 놓여 있네.　大嶺燭前橫

안타까워 마침내 홀로 앉았는데　耿耿遂孤坐

머뭇머뭇 아직도 못떠나누나.　遲遲猶未行

해가 떠오르는 땅 끝에서　扶桑地盡處

이른 닭 울음소리 들릴까 두렵네.　絶怕早雞聲

• 이병성(李秉成),「딸이 발산의 시골 집으로 가는 것을 송별하며 아이들의
　시운에 차운하다(送別女行於鉢山村舍 次兒輩韻)」

넓은 바다가 아무리 깊다고 하여도 아버지가 딸을 보내는 심정만은
못하다. 어제 담소를 나누며 먹었던 술은 시내 위에 그대로 놓여 있었
고, 딸아이가 넘어서 갈 고개는 촛불 앞에 어슴푸레 보인다. 횅한 마음
으로 혼자 앉아 있으니 딸은 차마 갈 길을 가지 못하고 주저주저하며
머뭇거린다. 벌써 날이 새었는지 저 멀리서 닭이 울어 댄다. 이제는 더
갈 길을 늦출 수 없으니 그 소리가 야속하고 아쉽다.

아
이
를
잃
은
상
실
감

　어떤 만시(輓詩)든 슬프지 않은 시는 없다. 그러나 자식의 죽음을 적은 곡자시는 격통(激痛)을 표현함이 남다르다. 나이가 어려서 죽든 나이가 들어서 죽든 부모가 겪는 아픔에는 별반 차이가 없었다. 또, 사위의 죽음을 겪으면서 느끼는 아픔을 토로하는 경우도 많다. 사위의 죽음이 슬픈 것은 결국 딸이 남편을 잃은 고통과 아픔을 고스란히 겪어내야 함을 잘 알고 있기 때문이다.

네가 태어난 지 겨우 한 달 만에,　　　　　　爾生纔三旬

양산(楊山) 근처의 땅에 벌써 묻혔네.　　　　已埋楊山陲

만일 수명 지금에 그칠 것이면　　　　　　　命若止于今

차라리 태어나지 않은 게 낫지.　　　　　　不如不生之

네 아비만 근심할 뿐만 아니라　　　　　　　非但爾父㦖

할머니가 슬퍼하심 걱정이구나.　　　　　　恐爲我母悲

비노니 기린 같은 아들이 되어,　　　　　　祝爾作麒麟

내생(來生)에도 내 자식 되어 주려마.　　　輪生爲吾兒

- 김기장(金基長), 「새로 태어난 딸애를 곡하다. 신사년에 짓다(哭新生女
  辛巳)」

김기장(金基長)의 자는 일원(一元)이고 호는 소천(篠川)이다. 일찍이
봉록(鳳麓) 김이곤(金履坤)과 종유(從遊)할 때에 시를 지었는데, 시가
매우 청아하고 담박하였다 한다.[21] 문집으로 『재산집(在山集)』이 있다.
그 밖의 행적은 상세히 알려진 바가 없다.

딸아이는 겨우 한 달 만에 죽어서 차디찬 양산 땅에 묻히었다. 이렇
게 짧게 살고 갈거라면 차라리 태어나지나 말지, 헛된 부녀의 인연을
맺어 아비의 가슴만 무너지게 했다. 딸을 잃은 자신의 슬픔도 슬픔이

---

21 이덕무(李德懋), 『靑莊館全書』 35권, 「淸脾錄」, '篠川詩'에 "金佐郎基長, 字一元, 號
篠川, 嘗從金鳳麓履坤爲詩, 詩甚新雅澹警"이라 했다.

지만, 손녀를 잃은 아이의 할머니가 더더욱 걱정이 된다. 아버지인 자신은 정작 마음 놓고 드러내서 슬퍼하지도 못하고 눈물을 속으로 흘릴 형편도 안되었다. 이렇게 영영 이별이 되지 않고, 다음 생에라도 자신의 자식이 되어주길 간절히 기원했다. 아이는 이름도 없고, 이 세상에 산 흔적도 없는 나만 기억해서 슬픈 얼굴이었다.

이 세상 부녀 간에 20일 동안 인연이라,　　　　人間父子二旬緣

태어난 것 못 봤는데 죽는 것도 못 보았네.　　　未見其生死又然

내가 정 쏟지 않았다 오히려 마음 달래나,　　　吾不鍾情猶自遣

내 얼굴 모르는 네가 정말로 가련하네.　　　　不知吾面爾堪憐

- 유언술(兪彦述), 「갓 태어난 딸이 일찍 죽었다는 말을 듣고서(聞新生女夭化之報)」

　그는 1736년에 7세의 나이로 요절한 딸을 위해 「埋亡女文」을 지은 바 있다. 불행은 한번으로 끝나지 않았으니, 또 다른 딸아이는 겨우 태어난 지 20일 만에 세상을 떴다. 아빠는 타지에 있었던지 태어났을 때도 아이의 얼굴을 못 보았고, 죽었을 때도 아이의 얼굴을 못 보았다. 어쩌면 차라리 얼굴을 보지 않은 것이 다행이란 생각도 든다. 끝끝내 잊히지 않을 얼굴이니 얼굴도 보지 않고 그저 없었던 셈 치고 싶다. 그러나 제 아비 얼굴도 못 보고서 죽어갔을 딸을 생각하면 불쌍한 마음이 들어 속절없이 울적해진다.

　　　　　　　　　　　　　너보다 예쁜 꽃은 없단다

등잔 앞서 흐느끼며 눈물만 흘리면서　　　　燈前嗚咽淚沾裳
"밥 많이 잘 드시고 너무 슬퍼 마셔요" 하더니만,　說與加餐莫浪傷
사생의 이별 될지 누가 어이 알았으리　　　　誰料翻爲死生訣
이제야 바삐 온 일 몹시도 한스럽네.　　　　只今長恨拂衣忙

• 이산해(李山海),「딸아이의 죽음을 곡하다(哭女)」

　　이산해는 4남 4녀를 두었다. 1592년 이산해의 나이 54세 때 임진왜
란이 일어났다. 그 해 9월에 이덕형(李德馨)에게 시집간 자신의 둘째
딸이 강원도 안협(安峽)에서 피난 중이었는데 왜적이 다가오자 28세의
나이로 자결했다. 이덕형이 시신을 수습해 경기도 양근군 중은동(中隱
洞) 산등성이에 장사지냈다고 한다.
　　부녀가 헤어질 때 딸아이는 눈물만 뚝뚝 흘리면서 도리어 밥 잘 챙
겨 먹고 너무 슬퍼하지 마시라고 자신을 위로해 주었다. 그러던 딸아
이를 두고 휘이 휘이 갈 길을 재촉해서 떠나 왔다. 아마도 더 있게 되면
마음 아픈 모습을 보이는 것이 싫었으리라. 그러나 지금 생각해보면
왜 그렇게 그 자리에서 일찍 일어났을까 싶다. 조금만 더 손을 잡고 딸
아이의 모습을 보면서 옆에 있어 줄걸 그랬다. 전란에 딸을 잃은 아버
지의 심정이 잘 담겨져 있는 시이다.

다닥다닥 아기 무덤 산 밑에 모였으니   纍纍殤葬接山根
그 어디 네 혼령이 있는지 모르겠네.   不記何墳是爾魂
황천에 자녀 많은 사람은 애달프니,   痛殺泉間多子女
해질녘 오던 길에 눈물이 주르르륵.   夕陽歸路淚交痕

• 이현석(李玄錫),「단옷날에 서산(西山)의 선영(先塋)에 제사를 지내고 나
서, 이십 년 전에 장사를 지냈던 네 살 된 딸아이의 무덤을 보다가 서글퍼
서 읊다(端午日行祭西山先塋, 仍見廿年前所葬四歲女兒塚. 愴然口占)」

단옷날 선산에 성묘를 갔다. 다 잊었다 생각했는데 갑자기 20년 전
에 죽은 딸아이가 떠오른다. 이제는 어디에 묻었는지 조차 기억나지
않지만 아픔은 여전하다. 지금 살아 있다면 스물 네 살이어서 가장 예
쁜 나이일 텐데 차가운 땅 아래에 누워 있으니 가슴이 먹먹해 온다. 게
다가 잃은 아이가 이 아이 뿐만 아니었던 것 같다. 파노라마처럼 하나
하나 자신 품에 죽어갔을 아이들을 떠올려 본다. 슬픔에 한참 동안 자
리를 뜨지 못하다 보니 어느덧 해가 어둑어둑해졌다.

너보다 예쁜 꽃은 없단다

못난 아들 반드시 어진 딸보다 나은 건 아니니 惡男未必勝賢女
못난 아빈 평생토록 이 애에게 의지하리. 愚父平生仗此兒
너처럼 총명한데 수까지 누렸다면, 似汝聰明如有壽
문호를 부지 못함 근심을 않았으리. 不愁門戶不扶持

- 심익운(沈翼雲), 「딸아이를 잃은 뒤 처음으로 호숫가에 나오니 슬픈 마음
  이 매우 심하여 시를 써서 기록한다(喪兒後, 初出湖上, 悲悼殊甚, 詩以志
  之)」

  심익운은 4명의 자식을 잃었다. 그 중에 셋째 딸 작덕(芍德)은 다섯
살이었는데, 천연두를 앓다 한 달 만에 죽었다. 죽은 아이 중에서 가장
오래 세상에 살다 죽었다. 이 시는 5편의 연작시 중 2번째 작품이다.
시에는 긴 사연이 부기되어 있으니 그만큼 애통한 죽음이었다. 아들이
라고 꼭 딸보다 나으리란 법이 없다. 게다가 똑똑한 딸이라면 아들만
못지 않다. 총명한데도 수(壽)까지 누렸다면 가문(家門)의 큰 역할을
하는 사람이 되었을텐데, 그렇게 허망하게 세상을 떴다. 귀한 딸을 잃
은 아픔과 그리움이 절절하다.

22살 수명을 어찌 재촉을 했나	廿二壽何促
네 생애는 진실로 매우 슬프네.	汝生誠可悲
괜스레 몇 줄기의 눈물 흘리니,	空垂數行淚
남긴 두 아이 어이 볼 수 있으랴.	忍見兩遺兒
적막한 한밤중의 무덤에서는	寂寞泉臺夜
옥설같은 모습이 아스라하네.	依俙玉雪姿
다만 못나 빠진 아비 탓이니	只緣無狀父
슬퍼할 뿐 누굴 다시 허물하겠나.	沈慟更尤誰

• 홍우원(洪宇遠), 「딸을 곡하며(哭女)」

딸아이는 가장 예쁠 나이에 세상을 떠났다. 22살 짧은 인생을 생각해 보면 슬픈 마음 그지없다. 까닭없이 눈물이 줄줄 흘러 내린다. 그런데, 더욱 슬픈 건 아직도 어미 손길이 필요한 두 아이들을 보는 일이다. 딸아이 생각에 속절없이 한밤중에 무덤을 찾아와보니 사방은 고요한데 마치 딸의 생전 모습이 보이는 것만 같다. 일이 이 지경까지 가게 만든 딸의 시댁도 야속하고 사위도 섭섭하며, 약을 잘 쓰지 못한 의원도 원망스럽다. 하지만 그 누구를 원망하겠는가. 다 못난 아비가 딸을 지켜주지 못해 세상을 뜬 것만 같다. 젊은 나이에 아이들만 남겨놓고 세상을 떠난 딸에 대한 가슴 절절한 슬픔이 가득하다.

시월의 빈산에다 널 길이 버리노니　　　　十月空山永棄之

땅속엔 젖 없어서, 넌 이제 굶겠구나.　　　地中無乳汝斯饑

인삼인들 어떻게 죽는 자를 만류하랴.　　人蔘那挽將歸者

고질병에 별 수 없으니 의원 탓하지 않네.　技竭膏肓不怨醫

• 이덕무(李德懋), 「딸을 묻고서(瘞女)」

　제법 날씨가 추워질 때 딸아이를 묻게 되었다. 게다가 아직 어린 딸이었는지 땅속에 젖이 없을까 걱정하는 마음을 담았다. 버린다〔棄〕는 표현에 자식을 묻고 돌아오는 아비의 심정이 잘 나타나 있다. 딸아이를 살리려 무진 애를 썼다는 정황이 나온다. 좋은 인삼도 쓰고 실력 있는 의원도 썼지만 고질병이라 아무 것도 소용이 없었다. 의원을 탓하지 않는다는 말에는, 딸의 죽음을 담담하게 운명으로 받아들이는 마음을 읽을 수 있다.

죽은 이 곡하는 건 산 사람 탓 아니지만,　　　　哭死由來不爲生

지금 내가 죽은 이 애도하는 건 산 사람 때문이네.　我今哀死以哀生

죽은 이 앎이 없어 영원토록 끝이지만,　　　　死者無知長已矣

내 딸의 가련한 남은 삶은 어이할 건가?　　　其如吾女可憐生

- 윤기(尹愭), 「10월에 막내딸이 혼인을 했는데 12월에 신랑이 요절했다. 내가 영남에서 이 소식을 듣고 슬픔을 가누지 못했다(十月季女成婚, 十二月新郎夭逝. 余在嶺外聞之, 慘慟不自忍)」

　윤기의 나이 61세에 지은 시이다. 막내딸이 10월에 혼인을 했다. 이제 자식들 모두 출가시켰으니 홀가분할 법도 하다. 그러나 행복은 몇 달이 가지 않으니, 두 달 만에 사위는 세상을 떴다. 본래 죽은 사람 때문에 슬픈 법이지만 그 죽은 사람을 잃은 딸 때문에 더욱 눈물이 흐른다. 어떻게 이렇게나 가혹한 운명이 있는가. 자신의 딸이 이러한 운명의 주인공이 되었다는 사실이 화가 나고 서글프다. 죽은 사람이야 죽어서 아무 것도 알 수 없다지만 살아 남은 딸의 남은 삶은 애처롭기 짝이 없다. 불쌍하게 살아야 할 딸자식 걱정에 아버지 역시 죽는 날까지 불행하게 살아야 할지도 모르겠다. 자식의 고통은 부모 자신의 고통보다 더 잔인하고 날카롭다.

아내는 여기 있는데 남편은 어디갔나[22]   室邇人何去

생각은 길고 꿈에서도 잘 볼 수 없네.   思長夢亦遲

불쌍하구나. 나의 딸 살아 있어   可憐吾女在

혈혈단신에 누굴 의지하겠나.   子子欲依誰

- 윤기(尹愭), 「홍주를 지나다가 막내딸을 만나보고 아픈 마음을 적다(歷洪
  州見季女, 志傷)」

윤기가 63세에 지은 작품이다. 딸아이가 남편을 잃었다는 소식을 듣
고 홍주(충청도 홍성)에 있는 딸의 집을 방문하였다. 결혼한 지 2달 만
에 사위는 세상을 떴다. 딸아이는 남편을 잃어서, 늘 그리운 생각에 남
편 꿈을 오래 꿀 것만 같다. 그러나 생각해 보면 다 부질없는 일이다.
정작 이제 걱정되는 것은 딸아이의 형편이다. 험한 세상을 혼자 살아
갈 딸만 생각만 하면 억장이 무너진다. 사위가 야속한 생각도 든다. 자
신이 살아 있을 때는 딸을 챙겨 주겠지만, 그래도 항상 옆에서 지켜줄
남편에게는 비할 게 아니다. 상실의 아픔, 그 상실의 아픔을 보는 아픔
이 슬프게 전해진다.

---

22 『시경』 정풍(鄭風) 「동문지선(東門之墠)」에 "좋아하는 사람이 자기를 멀리함을 두고, 그
집은 매우 가까우나 그 사람은 매우 멀도다.〔其室則邇 其人則遠〕"라 나온다.

아이를 잃은 상실감

상복입은 친척 모두 고기 먹지만,　　　　　兒親五服皆啖肉

오히려 아비 애미는 생선마저 물리치네.　　猶老爺孃獨郤魚

성인 제도에 정녕 너무 넘지 않아야 함 알지만,　聖制丁寧知莫過

아이 잃어 차마 천천히도 먹을 수 없네.　　哀兒不忍食徐徐

- 하항(河沆), 「딸을 잃은 뒤에 남들이 고기 먹기를 권하는 걸 사양하다(喪女後謝人勸肉)」

하항은 1남 1녀를 두었다. 1569년(그의 나이 32살)에 딸을 잃었다. 부모는 자식의 상을 당해서 고기를 먹어도 예법에 어긋나지 않는다. 그러나 차마 먹지 못하고 밥상에서 물고기를 멀찍이 물리친다. 성인들이 만들어 놓은 예법은 다 까닭이 있어서 만들어 놓은 것이다. 그런데 그 정도를 넘어서 지나치게 더 지키려는 것도 오히려 예법을 바르게 지키는 정도(正道)는 아니다. 아무리 성인의 말씀인들 자식을 잃고 제 목구멍에 음식을 밀어 넣는 일이 쉽지 않다. 더군다나 밥이야 곡기를 끊을 수 없어 억지로 먹는다지만, 고기를 입에 대는 일만은 차마 할 수 없다. 믿을 수 없지만 딸은 차디찬 땅에 누워 있다. 건강을 잃는다고 그게 무슨 대수란 말인가.

삼 년이 지나도록 슬픈 생각 안고 사니   三霜已改抱餘悲
부자간 은정 어이 사사로운 것이리오.   父子恩情奈我私
방에서 새 장가 소식 멀리에서 들으니   閨裏遠聞新娶婦
세상에서 고아 아이 맡길 만 하겠구나.   世間可託一孤兒
절해에 몸이 있어 꿈속에만 어른대니,   身留絶海空勞夢
황천에 넋 있다면 혹시 알지 않을까?   魂在重泉儻有知
이승에선 옥 같은 네 모습 못 볼 터니   玉貌此生求不得
외론 구름, 지는 해에 창자가 끊어지네.   孤雲落日斷腸時

- 박윤묵(朴允默),「둘째 딸의 대상(大祥)이 이미 지나자 사위 유명훈이 바
  다 밖에서 계취했다는 말을 듣고 생각을 하니 매우 슬퍼서 이 시를 짓고
  서 우노라(聞仲女大忌已過, 劉郎命勳繼娶海外, 思想悲絶, 作此詩以泣之)」

딸아이를 잃은 지 3년이 지났지만 아픈 마음은 여전하다. 대상(大祥)
은 두 번째 기일(忌日)에 지내는 상례의 한 절차이다. 대상을 지내고
나면 상복을 벗게 되는데, 사위인 유명훈은 마치 아내의 탈상(脫喪)을
기다렸다는 듯 재혼을 한다는 소식을 전해 왔다. 어미를 잃은 손주들
에게 새어머니가 생겼으니 다행스럽기도 하지만, 그렇다고 섭섭한 마
음이 들지 않는 것도 아니다. 간혹 꿈속에서 생시의 모습을 보게 되니,
딸아이 넋이 있다면 자신의 이러한 간절한 그리움과 사랑을 모르지는
않을 것이다. 사위를 원망할 수도 없지만 그렇다고 축복해 줄 수도 없
는 착잡한 심정을 담았다.

내 딸아! 내 딸아! 생이별 하였으니   有女有女生別離

젖먹이 어릴 때라 약하고 철없었지.   時當乳下弱而癡

아비가 애미 손 잡고 너 만지며 이르길   父執母手撫女語

"죽기 전에 다시 만날 때 있을거야"   未死重逢會有時

죽을 때도 아비를 불렀단 말 남에게 들으니   人傳將死尙呼爺

늙은이 흘린 눈물 깃발을 적시었네.   老淚默洒中兵旗

아 네 번째 노래 차마 부를 수 없는 것은   嗚呼四歌兮不忍奏

지금도 외로운 넋, 대낮에 곡 하리니.   至今孤魂哭朝晝

• 이항복(李恒福), 「한식(寒食)에 선묘(先墓)를 생각하면서 자미(子美)의
칠가(七歌)에서 차운하다(寒食 思先墓 次子美七歌)」중 1수.

젖먹이 어린 딸과 헤어질 때에 어루만지며 "죽기 전에는 다시 만날
때 있을게다"라고 말했는데, 결국 이 약속은 지켜지지 않았다. 딸은
1592년 12월에 역질(疫疾)에 걸려서 강화도에서 죽었다. 딸이 죽을 때
에 억지로 눈을 떠서 아비를 부르면서 보고 싶다는 말을 세 차례나 하
고 죽었다는 말을 전해 들었다. 임종하는 순간에도 아버지를 찾을 만
큼 딸의 아버지에 대한 그리움은 간절했다. 아빠는 이 이야기를 들으
니 더더욱 가슴이 미어진다. 곁에서 딸을 지켜주지 못한 회한은 평생
잊히지 않았다. 딸이 죽은 뒤 4년이 지난 1594년에 이 시를 썼다.

너보다 예쁜 꽃은 없단다

포대기에 깊이 감싼 실낱같은 목숨인데,　　　　襁褓深深一縷命
무슨 마음으로 왔다, 무슨 정으로 떠났는가?　　來何心事去何情
허황한 세상에서 번개처럼 지나가니,　　　　　虛浪人間騎電過
겨우 열이틀 간이 한평생이었구나.　　　　　　纔旬有二一平生

• 곽종석(郭鍾錫),「죽은 딸을 애도하며(悼亡女)」

　태어나자마자 생명이 위태로워도 어떻게 손을 쓸 수가 없었다. 그
저 할 수 있는 일이라곤 포대기에 잘 싸서 기다리고 지켜보는 일 뿐이
다. 그러나 끝내 아이는 세상을 떠났다. 세상에 태어났다면 무슨 까닭
이 있어서 나게 했을 터이고, 또 저승에서 데려갔다면 그도 어떤 까닭
이 있을 터인데, 아무리 생각해도 12일 만에 아이를 데려간 일은 납득
이 되지 않는다. 번개처럼 짧은 순간이 인생이 되었다. 아이는 짧게 살
았지만 부모는 평생 아팠다. 자신만 기억할 슬픈 이름이었다.

평소에 드물지만 기쁠 때 있었는데,　　　平生鮮有展眉時
꿈속에 기뻤으니 다시 누굴 위해선가?　　夢裏欣然復爲誰
알고보면 네 아비의 생각이 간절하여　　　應識乃翁思念切
병중에도 애도하고 그리는 시 자주 짓네.　病中頻作悼懷詩

• 김창업(金昌業), 「죽은 딸을 꿈꾸다(夢亡女)」

　딸을 잃은 뒤에 기쁜 일이라곤 하나도 없다. 즐거운 곳에 가도 맛있
는 음식을 먹어도 재미난 장면을 봐도 하나도 기쁘지 않다. 그런데 꿈
속에 딸이 나와 오랜만에 반갑고 기쁜 마음이 들었다. 네 혼이 지금 내
옆에 있다면, 아비가 아픈 몸에도 널 그리워하고 슬퍼하는 시를 자주
짓고 있는 줄을 알 것이다. 그나마 위안은 잠시 꿈에서 딸을 보는 것이
고, 꿈에서 깨어나면 하염없이 딸을 그리는 시를 썼다.

너보다 예쁜 꽃은 없단다

길을 돌아 이제 여기 이르렀으니	迂途今至此
널 생각하면 아직도 살아 있는 듯.	思爾尙如生
눈밭 속에 외로운 무덤 보느라,	雪裏看孤墓
산길에서 가던 행차 멈추었도다.	山邊駐去旌
저승 간 지 이미 삼 년 흘러갔는데,	重泉已三載
나는 만 리 길을 다시 외롭게 가네.	萬里復孤征
눈물 뿌리며 일행 따르려 하니	揮涕隨徒儷
옆에 있는 사람도 슬퍼하누나.	傍人亦愴情

- 김창업(金昌業), 「지나다가 죽은 딸의 무덤을 보고 맏형님(김창집(金昌集))의 「임진」에 차운하여 짓다(歷視亡女墓 次伯氏臨津韻)」

1712년 11월 중국에 사은겸동지사(謝恩兼冬至使)로 가는 형인 김창집(金昌集)을 따라갈 때에 지은 시이다. 이때 김창업의 나이 55세였다. 한참 길을 가다가 딸이 묻힌 곳에 이르게 되니 아직도 살아서 아빠하고 불러줄 것만 같다. 무덤에 눈이 쌓여 있으니 차마 가던 발길을 옮기지 못하겠다. 너는 차디찬 땅 속에 누워 있는데 나만 살아 있다는 사실을 견딜 수 없다. 딸아이가 세상을 떠난 지 3년이나 흘렀는데 자신은 지금 연경에 가고 있다. 눈물을 흘리면서 떨어지지 않는 발걸음을 옮겨 일행을 따라가니, 일행들도 그 모습을 보고 함께 슬퍼하였다.

옛날에는 당신과 함께 살면서　　　　　　　　　昔與君同住

여러 명의 아이들 애써 길렀지.　　　　　　　　劬勞育衆兒

이제 와서 늘그막 날이 왔는데,　　　　　　　　到今垂老日

죽은 아이 보내고 혼자 올 때네.　　　　　　　　送死獨歸時

묵은 풀은 봄에 장차 무성케 되나,　　　　　　　宿草春將茁

저승에선 곡을 한들 어찌 알겠나.　　　　　　　重泉哭豈知

백년토록 부끄럽고 아픈 생각에,　　　　　　　　百年慚痛意

슬픈 생각 생기지 않는 날 없네.　　　　　　　　無日不生悲

- 이해창(李海昌), 「딸의 상을 치른 뒤에 돌아와서 아내의 무덤에서 곡하다
  (送女喪後 歸哭內子墓)」

　딸이 죽자 상을 다 치르고 나서 아내의 무덤을 찾았다. 그 옛날 생각을 해보니 아내와 함께 살면서 도란도란 여러 명의 아이를 낳아서 함께 키웠다. 지금 생각해보면 아득한 전생의 일인 듯 하지만 행복은 그러한 순간에 있었음이 뼈저리게 다가온다. 이럴 때 아내라도 있었다면 서로 아픔을 보듬어 줄 수 있으련만 지금 곁에는 아무도 없다. 무덤에서 슬프게 울더라도 죽은 아내가 알 리도 없고 위로해 줄 수도 없으니 아내의 부재가 더더욱 시리게 다가온다. 이제 자신에게 남은 날이 얼마나 될는지 알 수는 없지만 아마도 슬픈 생각에서 벗어날 길이 없을 것만 같다. 사랑하던 두 사람이 곁에 없으니 지나간 추억만이 살아갈 희망이었다.

충청도로 열린 길 보이지 않고	不見湖中路
뜬 구름만 하루 종일 흐릿하구나.	浮雲終日陰
생사 간에 아비 불러 눈물 흘렸고,	呼爺生死淚
형제 간에 어미 없어 마음 썼었지.	無母弟兄心
아득하게 집 멀리 떠나가서는	杳杳離庭遠
캄캄한 땅속 깊이 들어갔구나.	冥冥入地深
머지않아 나도 금세 돌아가리니	魂歸應有日
우리 서로 마음껏 만나자꾸나.	吾以意相臨

• 박제가(朴齊家),「죽은 딸의 장례식 날(亡女葬日)」

    둘째 딸의 장례식 날 지은 시이다. 둘째 딸에 대해서는「祭仲女文」,「亡女尹氏婦〔尹厚鎭妻〕墓誌銘」등 2편의 글이 남아 있다. 묘지명을 참고해 보면 그 당시 정황이 자세히 나온다. 단옷날 관아에 홀로 앉았는데 급보가 날아 왔다. 밤중에 곧바로 두 어린 동생〔딸의 아우〕들을 데리고 80리 길을 가다가, 말 위에서 부음을 듣고 들판에서 목 놓아 울었다 했다.

    장례를 치르는 날이 되자 웬일인지 하늘이 종일 잔뜩 흐렸다. 그래서 충청도로 가는 길을 힐끔 거려도 보이지 않았다. 그는 공무 때문에 딸아이의 무덤까지는 가지 못했다. 숨이 꼴깍꼴깍 넘어갈 때 아버지를 찾으며 눈물을 흘렸고, 어머니가 먼저 세상을 떠나자 엄마처럼 동생을 챙기었다. 6남매(족보에는 5남매로 나오는데, 묘지명에는 6남매로 나온다)

중 둘째인데 아우들이 모두 둘째 누나를 좋아했다. 박제가는 1792년에 아내가 죽고, 1799년에 딸이 죽었다. 딸은 자식도 남기지 못하고 세상을 떠났다. 이제 무덤으로 들어가면 영영 이별이지만, 자신도 세상을 떠나게 되면 마음껏 만나자 했다. 장지(葬地)까지 가지 못한 아버지의 통절한 심정을 담았다.

너보다 예쁜 꽃은 없단다

교외 서쪽 외딴 무덤 세 번을 찾았지만,	郊西孤墳曾三過
부녀 간이 서로 마음 알릴 수 없구나.	父女情懷兩不知
어찌하여 오늘밤에 멀리 있는 꿈속에서	如何今夜天涯夢
아비 옆서 딸아이는 분과 연지 고루 발랐느냐.	女在父傍均粉脂
서릿바람 훅 불고 변방 기러기 소리 나자,	霜風忽起塞鴻聲
무명이불 썰렁한데 눈물 자꾸 흐르누나.	布被覺冷淚交頤
지난해 네 명사(銘辭)를 지으려 하였으나,	前年欲作汝銘辭
세상 일에 얽매여서 지금껏 늦춰졌네.	世故纏仍尙遲遲
객당(客堂; 舍廊)에 가을 깊어 밤중에 고요하니	客堂秋深夜寂寥
마침 붓에 먹물 찍어 슬픈 생각 쓰기 좋네.	正好濡筆抽哀思
네 어미는 또 천 리 밖에 있으니	汝母又在千里外
다시 뉘에 의지하여 너의 정 알려줄까.	更憑何人知汝私

• 서명응(徐命膺), 「죽은 딸을 꿈에 보고 감회에 젖어(夢見亡女感懷)」

딸아이의 무덤에 벌써 세 번이나 지나게 되었다. 그렇지만 산 사람과 죽은 사람은 감정을 소통할 길이 없으니 그저 마음이 아프기만 할 뿐이다. 그런데 꿈에서 딸아이가 자신의 옆에서 연지를 바르고 있었다. 깨어서 보니 서릿바람 불고 기러기는 울면서 지나가니, 온기 하나 없는 무명 이불에서 쉴 새 없이 눈물이 흐른다. 작년에 딸아이 묘지명을 지으려 했지만 여러 가지 번거로운 일 때문에 짓기가 어려웠다. 사실 바쁜 탓을 하지만 실제로는 차마 짓지 못하는 마음도 없지 않았을 것이다. 고요한 가을밤에는 슬픈 감정을 끌어내기 딱 좋은 때여서, 이제야 딸아이에 대한 기억을 정리할 수 있을 것만 같다. 그렇지만 딸이 애틋하게 오늘 밤 나를 찾아온 마음을 멀리 있는 어미에게 어찌 전해줄까?

너보다 예쁜 꽃은 없단다

딸의 자질 평생토록 사랑했는데	淑質平生愛
꽃다운 난초 빨리 말라 죽었네.	芳蘭奄忽枯
나이는 아홉 번의 여름 겪었고,	行年夏九闋
깊은 병은 세 번 계절 넘기었도다.	沉病節三逾
쓸쓸하게 첩첩 산 속에서	寂寂千山裡
서글프게 무덤 하나 외롭게 있네.	哀哀一墓孤
다만 구천의 아래에 내가 가게 된다면	只應泉壤下
혼백이 영원히 서로 의지할 수 있으리.	魂魄永相須

• 유창(兪瑒), 「막내 딸 효숙을 곡하다(哭季女孝淑)」

딸아이는 효숙이란 이름에 걸맞게 효성스럽고 얌전했다. 9살의 나이로 9개월 동안 앓다가 세상을 떠났다. 유창은 이 딸아이를 위해서 「瘞亡女孝淑告文」을 쓰기도 했다. 아무도 찾지 않는 고요한 산에 딸아이의 무덤이 있다. 이곳에서 얼마나 외로울까 생각해 보면 마음이 무너져 내린다. 딸은 아마 저승에서 자신을 기다리고 있을 것만 같다. 오히려 이렇게 생각하면 마음이 편해짐을 느꼈으리라. 정령 기다림도 재회도 없이 소멸되어 영영 이별이라면, 이 아픔을 견딜 수나 있었을까?

●

무슨 수로 잠시라도 잊을 수 있나.	何由成暫忘
뵈는 것 마다 문득 가슴 아프네.	觸物便傷情
옛날 비추던 거울은 그림자 없게 되고,	舊照鏡無影
새로 입힌 옷에서는 향기가 나네.	新穿衣有香
골똘히 생각하면 애가 끊기는 것만 같은데,	沈思心欲絶
어렴풋이 만나는 꿈에선 자주 놀라네.	怳遇夢頻驚
너의 유품 하나하나 뚜렷하여서,	歷歷看陳跡
살아있나 착각할 때 많이 있었네.	多時錯料生

• 심염조(沈念祖, 1734~?), 「딸아이를 곡하다(哭漸女)」

잠시라도 잊을 수 없는 기억이 있다. 딸이 죽은 뒤부터 시간은 마치 멈추어 서 있는 것 같다. 눈에 들어오는 모든 풍경들이 서럽고 가슴 아프니 모두 딸의 흔적이 남아 있어서이다. 딸아이의 모습을 비추어 주던 거울은 덩그러니 놓여 있고, 딸아이에게 새로 해 입힌 옷에서는 아직도 향기가 나는 것만 같다. 거울과 옷은 그대로 있건만 딸아이는 여기에 없다. 영영 이별이라고 생각하게 되면 정말 마음이 미칠 것만 같고, 꿈 속에서는 어렴풋한 모습으로 찾아와 생시인가 깜짝깜짝 놀란다. 너무도 선명한 딸아이의 손때가 묻어 있는 물건들을 보면 그 애가 죽었다는 사실이 믿기지 않는다. 마치 금세라도 살아 있어 아빠하고 달려와 줄 것만 같다. 딸의 죽음을 인정하기 힘든 아버지의 심정이 절절하다.

너보다 예쁜 꽃은 없단다

밤 꿈이 뚜렷해서 깨고 난 뒤 슬퍼지니,　　　　　　夜夢分明覺後哀

딸아이 저승에서 일어나 찾아 왔네.　　　　　　　渠能起得九原來

정원을 다니면서 꽃을 따며 웃었는데,　　　　　　巡園掇藥方嬉笑

말을 막 하려는데 떠나길 재촉했네.　　　　　　　纔欲言時去又催

• 신방(申昉), 「일찍 죽은 딸을 꿈에서 보고 적는다(記夢傷女)」

　간 밤에 딸아이 꿈을 꾸었다. 생시처럼 생생해서 깨고 난 뒤에 더욱
마음이 아리다. 정원을 이리저리 다니며 꽃을 따서는 까르르 웃는다.
아! 내 딸이다 생각이 들어 말을 막 붙이려 하는 차에 거짓말처럼 스르
르 사라져 버렸다. 한참 재롱을 피우는 나이에 아이가 세상을 떠나게
되면 그 추억이 즐거웠던 만큼이나 고통스러웠다.

아득한 저승으로 모습이 사라졌으니,　　　　　音容冥漠九原中
옛집이 처량하게 자취 이미 텅비었네.　　　　故宅凄涼迹已空
36년 세월 참으로 하나의 꿈 같으니　　　　三十六年眞一夢
다 늙어 속세에서 늙은 아비 울게 하네.　　　白頭塵世泣阿翁

　• 신익상(申翼相),「죽은 딸을 생각하다(憶亡女)」

　신익상은 딸에 대한 묘지명인「亡女恭人韓氏婦墓誌」를 남긴 바 있
다. 목소리와 모습을 듣고 싶고 보고 싶지만 죽어서 이승을 떠났으니
이제 그럴 수도 없다. 아이와 함께 살았던 그 옛집이 마치 텅 빈 것처럼
썰렁하다. 모든 것이 그대로이고 딸아이만 사라졌는데, 그 모든 것은
의미가 사라져 버렸다. 36살을 살고 세상을 떠난 딸아이의 모든 기억
들이 지금 생각해보면 모두다 꿈결 같기만 하다. 오래 살아 이런 험한
꼴을 보는 게 아닌가 자꾸만 눈물이 쏟아져 나온다.

　　　　　　　　　　　　　　　　너보다 예쁜 꽃은 없단다

묵은 풀뿌리와 마른 풀에도 봄은 다 돌아와서　　　　　陳荄枯卉摠回春

온갖 사물 무성하여 생기 절로 넘치누나.　　　　　　萬品欣欣生意新

무덤에서 되살아 나기 어려움 유독 한스러우니,　　　獨恨泉臺難復作

누가 천지는 본래 똑같이 사랑한다 했던가.　　　　　孰云天地本同仁

음성, 모습 떠올리나 무슨 수로 접할건가.　　　　　音容想像何由接

꿈속에서 만났지만 또한 진짜 아니었네.　　　　　　魂夢追尋亦未眞

풍경은 좋지마는 마음은 칼로 베듯 하니,　　　　　時物自佳心似割

지는 꽃 우는 새들 슬픔 더욱 돋궈주네.　　　　　　落花啼鳥助悲辛

- 김수항(金壽恒), 「어제는 죽은 딸의 생일이었다. 앉아서 봄날의 만물들이 싹트고 꽃피는 것을 보니 사물에 감동이 되어서 죽은 딸 생각이 더 난다. 더욱이 다시 괴로운 시간을 보내기 어려워서 한 편의 율시를 짓고 삼가 생각해 보니, 우리 큰형님께서도 이런 마음과 같은 터라 감히 이 시를 써서 바친다(昨過亡女初度日 坐見春物芬榮 感物悼逝 益復難遣 吟成一律 伏想伯氏亦同此懷 敢此錄呈)」

김수항은 6남 1녀를 두었다. 딸의 죽음이 매우 충격적이었는지 「亡女行蹟」, 「祭亡女文」, 「亡女生日祭文」, 「亡女几筵移來後祭文」, 「祭亡女墓文」, 「亡女大祥前二日祭文」, 「亡女遷葬時祭文」 등 여러 편의 글을 남긴 바 있다. 찬란한 봄날에 잔인하게도 아이의 생일은 그렇게 또 찾아왔다. 봄이 돌아오니 다 죽은 것 같았던 초목들은 성성하게 생기가 넘친다. 유(幽)와 명(明)은 이렇듯 극명하게 갈렸다. 이승은 이렇듯 생기가 넘치지만 저승은 다시는 생기를 찾을 수 없으니, 하늘이 모두 다 사랑한다는 그 말이 거짓임을 깨닫게 된다. 살아생전 목소리와 모습을 떠올려 보지만 무슨 수로 한번이라도 볼 수가 있겠는가. 고작 꿈속에서 잠시 만날 뿐이지만 이내 꿈속이란 걸 깨달으면 살아있는 딸의 모습이 눈물겹게 보고 싶다. 눈부신 봄날은 너무도 좋지만 날이 좋으면 좋을수록 마음은 예리한 칼날로 베인 것 같다. 톡 치기만 하면 눈물이 터질 듯이 슬픈데 여기저기 떨어지는 꽃잎이며, 예서제서 우는 새소리가 자꾸만 슬픔 못견디게 한다.

너보다 예쁜 꽃은 없단다

이 저녁이 되자 매우 슬퍼지니, 至哀逢此夕

너 태어난 임신년 해이었단다. 爾降卽壬申

어렴풋한 것이 요즘 일 같은데 怳若昨今事

어느덧 사십년의 세월 지났네. 奄經四十春

외로운 혼 돌아올 날은 없으니 孤魂無日返

긴 밤 지나 어느새 새벽이구나. 厚夜幾時晨

늙은 아비 해마다 슬퍼하지만, 老父年年痛

타향이라 갑절이나 새로움구나. 他鄕倍覺新

• 김영행(金令行), 「죽은 딸의 생일날 아침에 피눈물을 훔치면서 시를 지
  어서 외손자인 풍득(楓得)에게 부쳐 주다(亡女生朝 抆血題詩 寄示外孫楓
  得)」

김영행은 자녀 13명과 손자 4명을 두었다. 1710년 셋째 아들 제화
(齊華)가, 1717년 맏딸이 세상을 떠났다. 그뿐 아니라, 1719년 제곤(齊
崑), 제민(齊岷)과 두 딸을, 1720년 두 손자를 연달아 잃고, 1724년 아
들 리억(履憶)을 잃었다. 기구한 팔자가 아닐 수 없다.

이 시의 주인공은 맏딸이다. 그녀에 대해서는 「祭亡女文」을 남긴 바
있다. 맏딸은 1692년에 태어나 윤역(尹淢)과 혼인하였다. 두 차례나 유
산한 끝에 아들 하나를 낳고, 1717년 산질(産疾)이 원인이 되어 26살
의 나이로 세상을 떠났다. 이 시를 지은 시기는 1752년으로 딸이 죽은
지 35년이 흐른 때였다.

살아 있었다면 예순이 넘었을 딸아이의 생일날 아침이 되었다. 마치 딸아이와의 기억은 어제 일처럼 선명하지만 세월은 벌써 40년 가까이 흘렀다. 단 한번 만이라도 모습과 목소리를 듣고 싶지만, 한번 유명을 달리하니 영영 이별이었다. 매번 슬프지 않은 딸아이의 생일은 없었지만 이번에는 객지에 있으니 더더욱 마음이 아프다. 딸을 잃고 그는 내내 슬펐다. 세상에는 세월이 지나도 무뎌지지 않는 아픔이 있다.

너보다 예쁜 꽃은 없단다

5살 때 천연두로 요절한 건 성영이었는데,	五齡痘夭女星英
맹경이가 이제 어찌 5살에 천연두 앓게 됐나.	孟敬今胡痘五齡
어슴푸레한 느낌이 마음에서 일어나,	怳爾感從心上起
마치 모습이 내 눈 앞에서 어른대는 것 같네.	宛然形在眼中行
성영은 깨끗한 모습에다 고상함 겸하였고	星乎氷雪兼蘭蕙
맹경은 총명하고 진실로 효성스러웠네.	敬也聰明儘孝誠
창자가 만일 앎이 있다면 응당 다 찢어졌을 것이니,	腸若有知應裂盡
파협에서 애 끊어지는 원숭이 소리 듣지 말라.	莫聽巴峽斷猿聲

• 이서(李溆), 「내가 22살 때에 천연두로 5살 된 딸 성영을 잃었고, 지금 43
살에 또 천연두로 5살 된 딸 맹경을 잃었으니 괴이하도다. 아이들을 위해
서 시 한 수를 지어서 서글픈 심정을 기록한다(余二十二時 以痘喪五歲女
星英 今四十三 又以痘亦喪五歲女孟敬 怪哉 爲作一詩 以識悲懷)」

천연두로 젊은 나이에 5살 된 딸을 잃었다가 중년 나이에 또 다시 5
살 된 딸을 잃고 말았다. 같은 병으로 같은 나이인 아이를 잃었다. 운명
이라고 밖에는 설명이 안되는 일들이었다. 맹경에 대해서는 「다섯 살에
죽은 딸 맹경이 갑자기 생각나서[忽思五歲死女孟敬]」라는 시 한 편이
더 있다. 기억 저편에 있던 아픈 상처가 현재의 상처와 만나 더욱 날카
로운 고통이 되어 괴롭힌다. 세상을 떠난 20년 터울의 두 딸이 슬픈 운
명 속에서 비로소 다시 만나게 되었으니 그저 안타깝고 아플 뿐이다.

아이를 잃은 상실감

저승 있는 내 딸들아 내 딸들아	有女有女在九原
너희들은 원한 품고 원혼이 되었겠지	想爾抱恨爲寃魂
위로는 부모 있고 아래로 자식 있으니,	上有父母下兒女
슬프도다! 유언 차마 듣지 못하겠구나.	哀哉不忍聽遺言
늙은 나무 서리 맞고 죽지를 않았지만	經霜老木猶未死
다시 꽃 핀다고 뿌리를 보호할 수 있으랴	縱復花開可庇根
아아 세번째 노래여, 노래가 갈수록 서글프니	嗚呼三歌兮歌轉惻
어떻게 보리밥이나마 지어 한식날에 대접하랴?	麥飯何由作寒食

• 홍세태(洪世泰), 「鹽谷七歌」 중 세 번째 시

   홍세태는 8남 2녀의 자식을 모조리 잃었다. 그 옛날 자식 한 둘 정도 부모보다 앞세우는 일이야 드문 경우가 아니지만, 이렇게 열 명이 되는 자식을 모두 잃은 경우는 그의 경우가 유일하다 할 수 있다. 위에 나오는 딸은 홍세태가 마지막에 잃은 자식이었다. 홍세태가 이 딸을 잃고 지은 제문인 「祭亡女李氏婦文」을 보면 "아버지를 못 보고 죽으려니 눈이 감기지가 않아요. 어머니는 내가 죽으면 반드시 죽으려 하실 텐데, 그러면 저 어린 다섯 아이들은 어떡해요. 어머니 죽지 마세요"라 하였다. 홍세태는 이 딸을 잃은 지 6년 뒤에 한 많은 삶을 마감했다.

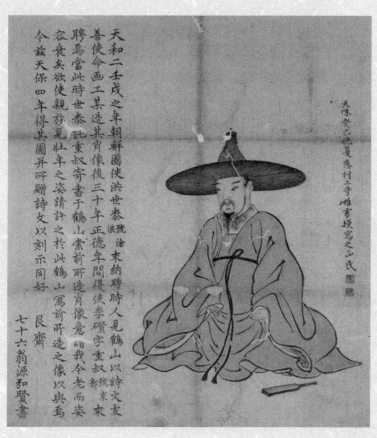

天和二壬戌之年朝鮮國使洪世泰號滄浪
善使命畫工其造其肖像後三十年正德年間復使李礥字重叔郭東來
聘為當此時世泰此重叔寄書于鶴山索前所造肖像意但我今老而姿
容衰矣欲使親於見壯年之姿請許之於此鶴山寫前所造之像以與為
今玆天保四年得其圖幷所贈詩文以剗示同好

艮齋
七十六翁源弘賢書

天保癸巳曉夏應村上守雌書填寫之正民圖慇

홍세태(洪世泰)

작가소개

강백년(姜柏年, 1603~1681): 조선 후기의 문신. 본관은 진주(晉州). 자는 숙구(叔久), 호는 설봉(雪峯)·한계(閑溪)·청월헌(聽月軒). 관직 재직 중 청백하기로 이름이 높았으며 기로소에 들어갔다. 만년에는 고금의 가언(嘉言)과 선정에 관한 것을 수집하여 『대학(大學)』의 팔조를 모방하여 『한계만록(閑溪謾錄)』을 지었고, 약간의 시문이 『설봉집(雪峯集)』에 실려 있다. 1690년 영의정에 추증되었고, 뒤에 청백리로 녹선(錄選)되었다.

곽종석(郭鍾錫, 1846~1919): 한말의 학자·독립운동가. 본관은 현풍(玄風). 자는 명원(鳴遠), 호는 면우(俛宇). 경상남도 거창(居昌)에서 태어났다. 1910년 국권이 침탈되자 고향에서 은거하다가 1919년 3·1운동이 일어나자 전국 유림(儒林)들의 궐기를 호소하고, 거창(居昌)에서 김창숙(金昌淑)과 협의하여 파리의 만국평화회의에 독립호소문을 보내고 옥고를 치렀다. 이황(李滉)의 학문을 계승한 스승 이진상(李震相)에게서 성리학을 이어받아 주리(主理)에 입각하여 이기설(理氣說)을 주장하였다. 문집에 『면우문집(俛宇文集)』이 있다.

김기장(金基長, ?~?): 자는 일원(一元), 호는 소천(篠川). 일찍이 봉록(鳳麓) 김이곤(金履坤)과 종유(從遊)할 때에 시를 지었는데, 시가 매우 청아하고 담박하였다 한다. 문집에 『재산집(在山集)』이 있다. 그 밖의 행적은 상세히 알려진 바가 없다.

김려(金鑢, 1766~1822): 조선 후기의 학자. 본관은 연안(延安). 자는 사정(士精), 호는 담정(潭庭). 부령에 유배되었을 때 농어민과 지내면서 고통받는 사람들에 대한 이해와 애정을 갖게 되었으며, 진해에 유배되었을 때도 어민들과 지내면서『우해이어보』를 지었다. 이것은 정약전의『자산어보』와 더불어 어보의 쌍벽을 이룬다. 저서에『담정유고(潭庭遺稿)』『담정총서(潭庭叢書)』『한고관외사(寒皐觀外史)』『창가루외사(倉可樓外史)』등이 있다.

김서일(金瑞一, 1694~1780): 본관은 풍산(豊山). 자는 용만(用萬), 호는 전긍재(戰競齋). 경전(經典)을 깊이 연구하였고, 1726년에 진사가되었다. 1764년 천거를 받아 동몽교관(童蒙教官)에 임명되었으나 이를 사퇴하고 1771년 노인직(老人職)으로 중추부첨지사(中樞府僉知事)를 역임하였다. 이듬해 중추부 동지사(同知事)를 역임, 품계는 자헌대부(資憲大夫)에 이르렀다. 시문에 뛰어났다. 문집에『전긍재집』이 있다.

김수항(金壽恒, 1629~1689): 조선 중기의 문신. 본관은 안동(安東). 자는 구지(久之), 호는 문곡(文谷). 시호 문충(文忠). 효종·현종 때 여러 관직을 지내고, 제2차 예송이 일어나 남인이 주장한 기년설이 채택되자 벼슬을 내놓았다. 그 후 숙종 때 영의정이 되었으나, 1689년 기사환국(己巳換局)으로 남인이 재집권하게 되자 진도에 유배되었다가 사사되었다. 문집에『문곡집(文谷集)』이 있다.

김시보(金時保, 1658~1734): 조선 후기의 문신이다. 본관은 안동(安東). 자는 사경(士敬), 호는 모주(茅洲). 김창협(金昌協)의 문인이다. 음보(蔭補)로 관직에 나아가 공조좌랑(工曹佐郎)·무주부사(茂朱府使)·

너보다 예쁜 꽃은 없단다

고성군수(高城郡守) 등을 거쳐 도정(都正)에 올랐다. 충청도 홍주(洪州: 지금의 홍성) 일대에 많은 논밭과 토지를 지닌 거부였다. 말년에는 서울 북악산 기슭의 자하문(紫霞門) 가까이에 대저택을 짓고 살았다. 풍류를 좋아하고 진경시(眞景詩)에 뛰어났다. 문집에 『모주집』이 있다.

김영행(金令行, 1673~1755): 조선 후기의 문신. 본관은 안동(安東). 자는 자유(子裕), 호는 필운옹(弼雲翁). 음보(蔭補)로 현감이 되었다가 1723년 소론 김일경(金一鏡) 등에 의해 노론 김창집(金昌集)의 일당이라 하여 파직, 기장현(機張縣)에 유배되었다. 그 뒤 1725년 영조가 즉위하자 풀려나 우사어(右司禦)로 다시 기용되고, 이어서 임천군수(林川郡守)를 거쳐 첨지중추부사를 역임하였다. 문집에 『필운유고(弼雲遺稿)』가 있다.

김우급(金友伋, 1574~1643): 본관은 광산(光山). 자는 사익(士益), 호는 추담(秋潭) · 추담거사(秋潭居士). 1618년 폐모론(廢母論)에 반대하여 유적(儒籍)에서 삭거되고, 대책문(對策文)이 수석을 차지하였으나 방(榜)에서 삭제 당한 이후 과거를 보지 않다. 변이중(邊以中)의 문인이고, 기처겸(奇處謙), 이익(李瀷) 등과 교유하였다. 문집에 『추담집(秋潭集)』이 있다.

김이곤(金履坤, 1712~1774): 본관은 안동(安東). 자는 후재(厚哉), 호는 봉록(鳳麓). 1752년에 동궁시직(東宮侍直)이 되었으며, 1762년 사도세자(思悼世子)가 화를 당하자 궐내로 달려가 땅을 치며 통곡하고 사직하였다. 그 뒤 북악산 청풍계(靑風溪)에 살면서 시가와 독서로 소일하다가 말년인 김이곤이 1774년에 신계현령(新溪縣令)에 제수되었다.

경사(經史)와 음악에 조예가 깊었으며, 특히 시가에서는 그의 독특한 체를 이룩하였는데, 그것을 봉록체(鳳麓體)라고 하였다. 문집에 『봉록집』이 있다.

김이만(金履萬, 1683~1758): 본관은 예천(醴泉). 자는 중수(仲綬), 호는 학고(鶴皐). 1713년 증광시에 급제하여, 승문원정자(承文院正字)가 되고 이어 전적·병조좌랑·무안현감(務安縣監) 등을 지냈다. 1740년 양산군수(梁山郡守)로 있을 때 그는 수재(水災)를 막기 위해 자신의 녹봉을 털어 제방을 쌓으니 백성들이 그 은혜를 칭송하여 비를 세우고, 제방의 이름을 '청전제(靑田堤)'라고 하였다. 그 뒤 정언·사간·집의 등을 지내며, 여러 차례 소(疏)를 올려 지방 수령의 탐학(貪虐)을 막는 방안을 제시하였다. 1756년 노인 우대 정책에 따라, 통정대부에 오르고 이어 첨지중추부사(僉知中樞府事)에 이르렀다.

김진규(金鎭圭, 1658~1716): 본관은 광산(光山). 자는 달보(達甫), 호는 죽천(竹泉). 1689년 기사환국으로 남인이 집권하자 거제도로 유배되었다. 이후 병조참판으로 재직 중일 때 소론에 의해 유배당했다가 2년 후 풀려나왔다. 문장에 뛰어나 반교문(頒敎文)·교서·서계(書啓)를 많이 작성하였다. 또한 전서·예서 및 산수화·인물화에 능해 신사임당(申師任堂)의 그림이나 송시열의 글씨에 대한 해설을 남기기도 하였다. 문집에 『죽천집(竹泉集)』이 있다.

김창업(金昌業, 1658~1721): 조선 후기의 문인·화가. 본관 안동. 자는 대유(大有), 호는 노가재(老稼齋). 시와 그림에도 뛰어나 산수와 인물을 잘 그렸다. 1712년 형 창집이 청나라에 사신으로 가게 되자, 그를

너보다 예쁜 꽃은 없단다

따라 연경에 다녀와 기행문 『노가재연행일기』를 만들어 산천, 인민, 요속 등 세세한 사항을 담아왔다.

김춘택(金春澤, 1670~1717): 조선 후기의 문신. 본관은 광산(光山). 자는 백우(伯雨), 호는 북헌(北軒). 서인·노론의 중심가문에 속하였으므로 항상 정쟁의 와중에 있었으며, 특히 1689년의 기사환국 이후로 남인이 정권을 담당하였을 때에는 여러 차례 투옥, 유배되었다. 1701년 소론의 탄핵을 받아 부안(扶安)에 유배되었으며, 희빈장씨(禧嬪張氏)의 소생인 세자를 모해하였다는 혐의를 입어 서울로 잡혀가 심문을 받고, 1706년 제주로 옮겨졌다. 시재가 뛰어나며 문장이 유창하였다. 저서에 『북헌집(北軒集)』과 『만필(漫筆)』이 있다.

목만중(睦萬中, 1727~1810): 조선 후기의 문신. 본관은 사천(泗川). 자는 유선(幼選), 호는 여와(餘窩). 1789년 태산현감(泰山縣監)으로 있으면서 불법을 자행하다가 체포되어 문초를 당하였다. 1801년 신유박해 때 대사간으로 있으면서, 영의정 심환지(沈煥之)와 함께 남인(南人)·시파(時派) 계열의 천주교도에 대한 박해를 주도하였다. 후에 판서가 되었다. 문집에 『여와집』이 있다.

민유중(閔維重, 1630~1687): 본관은 여흥(驪興). 자는 지숙(持叔), 호는 둔촌(屯村). 시호 문정(文貞). 인현왕후(仁顯王后)의 아버지. 1650년 문과에 급제, 예문관을 거쳐, 1674년 호조판서가 되었다. 이 때 자의대비(慈懿大妃) 복상문제가 일어나자 대공설(大功說)을 지지하였다. 1681년 딸이 숙종의 계비가 되자 여양부원군(驪陽府院君)이 되었다. 노론(老論)에 속했으며, 경서(經書)에 밝아 사림간에 명망이 높았다.

박순(朴淳, 1523~1589): 본관은 충주(忠州). 자는 화숙(和叔), 호는 사암(思菴). 일찍이 서경덕(徐敬德)에게 학문을 배워 성리학에 널리 통했으며, 특히 『주역(周易)』에 대한 연구가 깊었다. 문장이 뛰어나고 시에 더욱 능해 당시(唐詩) 원화(元和)의 정통을 이었으며, 글씨도 잘 썼다. 문집에 『사암집(思菴集)』이 있다.

박윤묵(朴允默, 1771~1849): 조선 후기의 문신. 본관은 밀양(密陽), 자는 사집(士執), 호는 존재(存齋). 정이조(丁彝祚)의 문인이다. 정조와 영의정 김조순(金祖淳)의 신임을 받았다. 1835년 평신진 첨절제사(平薪鎭僉節制使)로서 선정을 베풀어 송덕비(頌德碑)가 세워졌다. 시문(詩文)에도 뛰어났으며 서예는 왕희지(王羲之)·조맹부(趙孟頫)의 필법을 이어받았다. 문집에 『존재집(存齋集)』이 있다.

박제가(朴齊家, 1750~1805): 본관은 밀양(密陽). 자는 차수(次修)·재선(在先)·수기(修其), 호는 초정(楚亭)·정유(貞蕤)·위항도인(葦杭道人). 19세를 전후해 박지원(朴趾源)을 비롯한 이덕무(李德懋)·유득공(柳得恭) 등 서울에 사는 북학파들과 교유하였다. 1778년 사은사 채제공(蔡濟恭)을 따라 이덕무와 함께 청나라에 가서 이조원(李調元)·반정균(潘庭筠) 등의 청나라 학자들과 교유하였다. 그 후 검서관(檢書官)으로 오랫동안 활동하였다. 저서에 『북학의(北學議)』, 『정유집(貞蕤集)』 등이 있다.

배삼익(裵三益, 1534~1588): 본관은 흥해(興海). 자는 여우(汝友), 호는 임연재(臨淵齋). 이황의 문인 가운데 요직을 두루 거친 정치·행정가로서, 명나라에 진사사(陳謝使)로 갔을 때는 종계(宗系)가 바로잡힌 『대명회전』의 초본을 구하였고, 황해도 관찰사 시절에는 자신의 정치철학을 구체적으로 실천하여 구황책(救荒策)을 펴는 등 신명(身命)을 다하다가 순직하였다. 문집에 『임연재선생문집(臨淵齋先生文集)』이 있다.

서명응(徐命膺, 1716~1787): 본관은 대구(大邱). 자는 군수(君受), 보만재(保晩齋)라는 호를 정조로부터 내려 받았다. 흔히 북학파(北學派)의 비조(鼻祖)로 일컬어지며, 이용후생(利用厚生)을 추구하는 학문 정신은 아들 서호수(徐浩修), 손자 서유구(徐有榘)에로 이어져 가학(家學)의 전통이 세워지기도 하였다. 저서에 『보만재집(保晩齋集)』, 『보만재총서(保晩齋叢書)』 등을 남겼다.

성여학(成汝學, ?~?): 조선시대 문인. 본관은 창녕(昌寧). 자는 학안(學顏), 호는 학천(鶴泉)·쌍천(雙泉). 우계(牛溪) 성혼(成渾)에게 사사하였다. 특히 시(詩)를 잘 지었으며 지봉(芝峰) 이수광(李睟光)과는 절친한 시우(詩友)였다. 50여 세 때 사마시(司馬試)에 급제했으나 벼슬은 별좌(別坐)에 그쳤다. 저서에 『학천집(鶴泉集)』, 『속어면순(續禦眠楯)』 등이 있다.

소두산(蘇斗山, 1627~1693): 본관은 진주(晉州). 자는 망여(望如), 호는 월주(月洲). 송시열(宋時烈)의 문인. 1652년 진사가 되고 1660년 식년문과(式年文科)에 장원, 전적(典籍)을 거쳐 1663년 지평(持平)이 되었다. 직언(直言)을 잘하여 권신의 비위를 항상 건드려 외직(外職)으로 전전, 1681년 함북 병마절도사·동래부사·공홍도(公洪道) 수군절도사(水軍節度使) 등을 거쳐 1688년 평안도 병마절도사가 되었다. 이듬해 기사환국(己巳換局)으로 서인(西人)이 배척당할 때 벼슬을 버리고 낙

향했다. 문집에『월주집(月洲集)』이 있다.

소세양(蘇世讓, 1486~1562): 조선 중기의 문신. 본관은 진주(晉州).
자는 언겸(彦謙), 호는 양곡(陽谷)·퇴재(退齋)·퇴휴당(退休堂). 1545
년 윤임(尹任) 일파의 탄핵으로 사직, 명종이 즉위한 뒤 을사사화로 윤
임 등이 몰락하자 재기용되어 좌찬성(左贊成)을 지내다가 사직, 익산
(益山)에 은퇴했다. 문명이 높고 율시(律詩)에 뛰어났으며, 글씨는 송
설체(松雪體)를 잘 썼다. 문집에『양곡문집(陽谷文集)』이 있다.

손명래(孫命來, 1664~1722): 조선 후기의 문신이다. 본관은 밀양(密
陽). 자는 현승(顯承), 호는 창사(昌舍). 성균학유·박사·주부·전적·
삼례도 찰방 등을 역임하였다. 벼슬은 높지 않았으나 문장에 뛰어났
다. 특히 그의 대책문(對策文)은 과거를 보려는 사람들에게 교과서가
될 정도였다. 문집에『창사집』이 있다.

송몽인(宋夢寅, 1582~1612): 조선 중기의 문신. 본관은 은진(恩津).
자는 문병(文炳), 호는 금암(琴巖). 어려서부터 시에 재질이 탁월하였
으며, 1605년 사마시에 합격하여 진사가 되어 대과를 준비하다가 31
세에 죽었다. 요절한 때문에 큰 업적을 남긴 것은 없으나 시문은 대단
히 뛰어나, 대가들과 어깨를 겨룰만하였다고 이수광(李睟光)·신익성
(申翊聖) 등이『금암집(琴巖集)』의 서문과 발문에서 찬양하고 있다. 후
일 이조참판에 추증되었다.

신광수(申光洙, 1712~1775): 본관은 고령(高靈). 자는 성연(聖淵), 호
는 석북(石北) 또는 오악산인(五嶽山人). 신광수는 과시(科詩)에 능하

너보다 예쁜 꽃은 없단다

여 시명이 세상에 떨쳤다. 신광수의 시는 그 시대의 현실을 담고 있거나 우리 나라의 신화나 역사를 소재로 하여 민요풍의 한시로 표현하고 있다. 따라서 한문학사상 의의가 매우 크다. 문집에 『석북집』이 있다.

신광한(申光漢, 1484~1555): 본관은 고령(高靈). 자는 한지(漢之)·시회(時晦), 호는 낙봉(駱峰)·기재(企齋)·석선재(石仙齋)·청성동주(靑城洞主). 문장에 능하고 필력이 뛰어나 1507년 사마시를 거쳐 3년 뒤 문과에 급제. 1545년 을사사화 때 우참찬(右參贊)으로 소윤(小尹)에 가담, 대윤(大尹)의 제거에 힘써 위사공신(衛社功臣)이 되고, 같은 해 우찬성(右贊成)으로 양관(兩館)의 대제학을 겸임, 영성(靈城)부원군에 봉해졌으며, 1550년 좌찬성(左贊成)에 올랐다. 저서에 『기재집(企齋集)』, 『기재기이(企齋記異)』가 있다.

신방(申昉, 1686~1736): 본관은 평산(平山). 자는 명원(明遠), 호는 둔암(屯菴). 1719년 문과에 급제, 검열이 되었고, 이듬해에 정언·부교리·지평 등을 거쳐, 1721년 교리·이조좌랑·헌납 등을 역임하였다. 그 뒤 1725년 이후 부교리·승지·경상감사·대사헌·대사간·이조참의·부제학·대사성·예조참의·도승지·제학·이조참판 등의 요직을 두루 역임하였다. 문집에 『둔암집(屯菴集)』이 있다.

신유(申濡, 1610~1665): 본관은 고령(高靈). 자는 군택(君澤), 호는 죽당(竹堂)·이옹(泥翁). 1642년에 이조좌랑이 되고, 이듬해 통신사(通信使)의 종사관으로 일본에 다녀왔다. 1652년 사은부사(謝恩副使)로 청나라에 다녀왔다. 1657년 대사간으로 국왕을 능멸하였다 하여 강계에 유배되었다가 천안으로 옮겨졌다. 그 뒤 유배에서 풀려나 1661년에 형조참판이 되었고, 이어 호조·예조의 참판을 역임하였다. 또한 소현세자(昭顯世子)를 따라 심양(瀋陽)에 다녀온 적이 있다. 글씨에 능하였다. 문집에『죽당집』이 있다.

신익상(申翼相, 1634~1697): 조선 후기의 문신. 본관은 고령(高靈). 자는 숙필(叔弼), 호는 성재(醒齋). 시호 정간(貞簡). 1689년 기사환국때 인현왕후 폐위의 부당함을 극간하고 사직하였다. 1694년 갑술옥사로 소론이 득세하자 공조판서가 되고, 이듬해 우의정에 올랐다. 문장과 시율(詩律)에 뛰어났으며, 전서(篆書)에 능하였다. 문집에『성재집(醒齋集)』이 있다.

신정(申晸, 1628~1687): 본관은 평산(平山). 자는 백동(伯東), 호는분애(汾厓). 바른 정사로 일세의 추중(推重)을 받는 이름난 재상이었고, 시문과 글씨에 뛰어나 관각(館閣)의 전책(典冊)이나 국가의 금석문자를 찬술한 것이 많다. 특히 시에 뛰어나 격조가 청절(淸絶)하다는 평을 받았다. 저서에『분애집』,『분애유고』,『임진록촬요(壬辰錄撮要)』등이 있다. 시호는 문숙(文肅)이다.

심염조(沈念祖, 1734~1783): 본관은 청송(靑松). 자는 백수(伯修), 호는 함재(涵齋). 1777년 관서암행어사, 이듬해에는 강화어사로 파견되었다. 이 해에 사은 겸 진주사(謝恩兼陳奏使) 채제공(蔡濟恭)의 서장관(書狀官)이 되어 청나라에 다녀온 뒤『서장문견록(書狀文見錄)』을 지어 정조에게 바쳤다. 청나라에서 돌아와 홍문관교리에 임명되었으며, 1780년 함종부사·규장각직제학·이조참의를 거쳐, 1782년 홍문관부제학으로 감인당상(監印堂上)에 임명되었으나, 대사간의 탄핵을 받아

너보다 예쁜 꽃은 없단다

홍주(洪州)로 유배되었다가 곧 풀려났다. 1783년 황해도관찰사로 있다가 임지에서 죽었다.

심익운(沈翼雲, 1734~?): 조선 후기의 문신. 본관은 청송(靑松). 자는 붕여(鵬如), 호는 지산(芝山). 1759년 진사(進士)로 정시문과에 장원, 이조좌랑(吏曹佐郎)을 거쳐 1765년 지평(持平)에 올랐다가 1776년 패륜(悖倫)의 죄로 대사헌 박상로(朴相老)의 탄핵을 받고 대정(大靜)에 유배되었다. 문집에 『백일집(百一集)』이 있다.

심정진(沈定鎭, 1725~1786): 본관은 청송(靑松). 자는 일지(一志), 호는 제헌(霽軒). 어려서부터 제자백가(諸子百家)를 통독하고 17세에 박필주(朴弼周)의 문하에 들어가 공부하였다. 사마시(司馬試)에 급제, 1774년 부수(副率)로 세손(世孫: 正祖)을 보도(輔導), 호조좌랑 등을 지내고 회덕현감(懷德縣監)으로 나가 송준길(宋浚吉)의 향약(鄕約)을 시행하여 풍속의 순화에 힘썼다. 또 송화현감(松禾縣監)·사어(司禦)·중추부동지사(中樞府同知事)로 오위장(五衛將)을 겸하였다. 저서에 『미호언행록(渼湖言行錄)』, 『제헌집(霽軒集)』 등이 있다.

안정복(安鼎福, 1712~1791): 본관은 광주(廣州). 자는 백순(百順), 호는 순암(順庵)·한산병은(漢山病隱)·우이자(虞夷子)·상헌(橡軒). 이익(李瀷)의 문인이다. 안정복은 이 시기 참신한 개혁사상을 요구하는 시대적인 요청에 부응하기보다는 전통적인 질서를 고수하려는 근기남인(近畿南人) 가운데 가장 보수적인 입장에 선 인물이었다. 안정복의 학문적인 성과는 많은 저술로 나타났다. 안정복의 저술은 20여 편이 전한다.

유명천(柳命天, 1633~1705) : 본관은 진주(晋州). 자는 사원(士元), 호는 퇴당(退堂). 1689년 기사환국으로 남인이 집권하면서 중용되어 공조판서·예조판서·판의금부사·판중추부사 등을 두루 지냈으나, 1694년 갑술환국으로 흑산도에 위리안치되었다. 1699년 다시 방축향리되었으며, 1701년 장희재(張希載)와 함께 인현왕후(仁顯王后)를 저주하였다는 탄핵을 받고 전라도 지도(智島)에 유배되었다가 1704년 풀려났다. 기사환국 후 고위직에 있으면서 인사권을 남용하여 자신의 무리들을 요직에 앉혔다는 비평을 받았다.

유언술(兪彦述, 1703~1773) : 본관은 기계(杞溪). 자는 계지(繼之), 호는 송호(松湖)·지족당(知足堂)·서고(西皐). 1757년 문과에 급제하고, 1772년 대사헌을 거쳐 지중추부사로 치사하고, 기로소에 들어갔다. 직간을 잘하여 영조에게 인정되었고, 시문에 뛰어났으며, 산수를 좋아하여 족숙(族叔)인 유척기(兪拓基) 등과 함께 금강산을 유력(遊歷)하기도 하였다. 문집에『송호집』이 있다.

유의건(柳宜健, 1687~1760) : 조선 후기의 학자. 본관은 서산(瑞山). 자는 순겸(順兼), 호는 화계(花溪)·정묵재(靜默齋). 1735년 진사시에 합격하였으나 과거에 나가지 않고 화계(花溪)에 서당을 짓고 경사(經史)·자집(子集)을 두루 섭렵하여, 특히 성력(星曆) 및 역학(易學)에 밝아 제자가 점점 많아지자 그 집을 문회실(文會室)·난실(蘭室)이라 이름하고, 육영(育英)과 저술에만 전념하였다. 1764년 전조(銓曹)에서 그의 죽음을 모르고 만녕전참봉(萬寧殿參奉)에 임명하였는데, 관찰사가 그의 행의(行誼)를 아뢰니 영조가 특별히 그 참봉을 행직(行職)으로 삼도록 명하였다. 문집에『화계집』이 있다.

너보다 예쁜 꽃은 없단다

유인석(柳麟錫, 1842~1915): 조선 후기의 학자·의병장. 본관은 고흥 (高興). 자는 여성(汝聖), 호는 의암(毅菴). 1876년 병자수호조약을 체결할 때 반대하는 상소를 올렸으며, 1894년 갑오개혁 후 김홍집의 친일내각이 성립되자 의병을 일으켰으나, 관군에게 패전하고 만주로 망명하여 활동하였으며, 국권피탈 뒤에도 독립운동을 계속하다가 연해주에서 병사하였다.

유창(兪瑒, 1614~1690): 조선 후기의 문신. 본관은 창원(昌原). 자는 백규(伯圭), 호는 추담(楸潭)·운계(雲溪). 1674년 고부사(告訃使)로 청나라에 다녀왔다. 이 때 서장관(書狀官)이었던 권해(權瑎)와 사감(私憾)으로 불화하였다는 탄핵을 받고 파직당하였다. 얼마 있지 않아 다시 등용되어 1679년 승지가 되었고, 1689년에 개성부유수가 되었다. 문집에 『추담집』이 있다.

윤기(尹愭, 1741~1826): 본관은 파평(坡平). 자는 경부(敬夫), 호는 무명자(無名子). 이익(李瀷)을 사사하였다. 1773년에 사마시에 합격하여 성균관에 들어가 20여 년간 학문을 연구하였다. 1792년에 식년문과에 급제하여 승문원정자를 초사(初仕)로 종부시주부(宗簿寺主簿), 예조·병조·이조의 낭관으로 있다가 남포현감(藍浦縣監)·황산찰방(黃山察訪)을 역임하였다. 이후 다시 중앙에 와서 『정조실록』의 편찬관을 역임하였다. 벼슬이 호조참의에까지 이르렀다. 문집에 『무명자집』이 있다.

윤진(尹搢, 1631~1698): 본관은 파평(坡平). 자는 자경(子敬), 호는 덕포(德浦). 그는 관직에 있을 때 붕당을 타파시킬 것, 언로를 열 것, 구황·휼민에 힘쓸 것 등 여러 가지 시의적절한 정책건의를 많이 하였다. 용계서원(龍溪書院)에 제향되었다. 문집에 『덕포유고』가 있다.

이덕무(李德懋, 1741~1793): 본관은 전주. 자는 무관(懋官), 호는 형암(炯菴)·청장관(靑莊館)·아정(雅亭)·선귤당(蟬橘堂)·영처(嬰處) 등. 박제가(朴齊家)·유득공(柳得恭)·이서구(李書九) 등과 함께 이른바 사가시인(四家詩人)의 한 사람으로 이름을 날렸다. 문자학(文字學)인 소학(小學), 박물학(博物學)인 명물(名物)에 정통하고, 전장(典章)·풍토(風土)·금석(金石)·서화(書畵)에 두루 통달하여, 박학(博學)적 학풍으로 유명하였다. 저서에 『청장관전서(靑莊館全書)』가 있다.

이민구(李敏求, 1589~1670): 조선 후기의 문신. 본관은 전주(全州). 자는 자시(子時), 호는 동주(東州)·관해(觀海). 문장에 뛰어나고 사부(詞賦)에 능했을 뿐 아니라, 저술을 좋아해서 평생 쓴 책이 4,000권이 되었으나 병화에 거의 타버렸다 한다. 저서에 『동주집(東州集)』, 『독사수필(讀史隨筆)』, 『간언귀감(諫言龜鑑)』, 『당률광선(唐律廣選)』 등이 남아있다.

이병성(李秉成, 1675~1735): 조선 후기의 문신. 본관은 한산(韓山). 자는 자평(子平), 호는 순암(順庵). 형은 이병연(李秉淵)이고 김창흡(金昌翕)의 문인이다. 1702년 진사시에 합격하여 사환(仕宦)하였으나, 대과에 급제하지 못하여 청요직(淸要職)을 역임하지 못하였다. 군수·공조정랑 등을 역임하고 부사에 이르렀다. 시문에 능하고 글씨를 잘 썼다고 한다. 문집에 『순암집』이 있다.

너보다 예쁜 꽃은 없단다

이산해(李山海, 1539~1609): 조선 중기의 문신. 자는 여수(汝受), 호는 아계(鵝溪)·종남수옹(終南睡翁). 시호는 문충(文忠). 1561년 과거에 급제하였고, 1590년 영의정이 되었다. 왕세자 책봉 문제로 정철(鄭澈) 등 서인과 심각한 대립이 있었고, 뒤에 아성부원군(鵝城府院君)에 피봉되었다. 대북(大北)의 영수. 문집에『아계유고(鵝溪遺稿)』가 있다.

이서(李漵, 1662~1723): 본관은 여주(驪州). 자는 징지(澄之), 호는 옥동(玉洞)·옥금산인(玉琴散人)·청포(淸浦). 서도(書道)와 거문고에 일가를 이룬 예술인으로 조선 시대 최초로 서예 이론서인『필결(筆訣)』을 저술하여 서예가 학문적으로 확립되는 데 기여하였으며, 영·정조 시대 조선의 특색을 잘 담아낸 동국진체(東國眞體)의 창시자로 평가된다. 문집에『홍도선생유고(弘道先生遺稿)』등이 있다.

이윤경(李潤慶, 1498~1562): 본관은 광주(廣州). 자는 중길(重吉), 호는 숭덕재(崇德齋). 시호는 정헌(正憲). 아들 중열(中悅)이 대윤 윤임(尹任)의 일파로 몰려 사사(賜死)되자 관작이 삭탈되었었다. 명종 을묘왜변 때 완산부윤으로 왜구 섬멸, 완산성 고수의 공으로 전라도관찰사로 특진했다. 도승지·병조판서 등을 지냈다. 문집에『숭덕재선생유고(崇德齋先生遺稿)』등이 있다.

이익(李瀷, 1681~1763): 본관은 여주(驪州). 자는 자신(子新), 호는 성호(星湖). 조선 후기의 실학자로 실용적인 학문을 주장하며 평생을 학문 연구에만 몰두했다.『성호사설(星湖僿說)』과『곽우록(藿憂錄)』등 수많은 책을 저술했고, 그의 혁신적인 사고는 정약용 등에게 이어져 더욱 계승·발전되었다.

이하진(李夏鎭, 1628~1682): 본관은 여주(驪州). 자는 하경(夏卿), 호는 매산(梅山) 또는 육우당(六寓堂). 실학자 익(瀷)의 아버지이다. 1680년 대사간 재임 시 영의정 허적(許積)의 서자인 견(堅)의 불법을 허목(許穆)이 상소하여 관직에서 쫓겨나자 허목을 두둔하다가 숙종의 진노를 사서 진주목사로 좌천되었다가 얼마 뒤 관직을 그만두었다. 김석주(金錫胄)와 매사에 뜻이 맞지 않아 운산에 유배되고, 1682년 배소에서 죽었다. 그는 시에 뛰어난 재능이 있어 붓을 들면 몇 편의 시를 지었고, 또한 명필이었다. 1685년 복관되었다. 문집에『육우당집』이 있다.

이항복(李恒福, 1556~1618): 조선 중기의 문신·학자. 본관은 경주(慶州). 자는 자상(子常), 호는 백사(白沙)·필운(弼雲)·청화진인(淸化眞人)·동강(東岡)·소운(素雲). 이덕형과 돈독한 우정으로 오성과 한음의 일화가 오랫동안 전해오게 되었다. 좌의정, 영의정을 지냈고, 오성부원군에 진봉되었다. 임진왜란 시 선조의 신임을 받았으며, 전란 후에는 수습책에 힘썼다. 저서에『백사집』,『북천일록(北遷日錄)』,『사례훈몽(四禮訓蒙)』등이 있다.

이해창(李海昌, 1599~1651): 조선 중기의 문신. 본관은 한산(韓山). 자는 계하(季夏), 호는 송파(松坡). 1638년 지평으로 있을 때에 인조의 노여움을 산 주전파의 우두머리 김상헌(金尙憲)을 신구(伸救: 지은 죄를 회복하기 위한 구제)하다가 영덕에 유배되었다. 1650년에 춘추관편수관으로서『인조실록』의 편찬에 참여하고 그 해에 응교·시독관(侍讀官)·교수를 겸직하였다. 이어 이듬해에 사간이 되었다. 시문에 능하였다.

이현석(李玄錫, 1647~1703): 조선 후기의 문신. 본관은 전주(全州). 자는 하서(夏瑞), 호는 유재(游齋). 시호는 문목(文穆). 1675년 문과에 급제, 이듬해 검열(檢閱)을 거쳐 3사(司)의 벼슬을 역임하고 1682년 우승지가 되었다. 1688년 동래부사, 이듬해 경상도관찰사, 1691년 중추부동지사를 거쳐 1693년 춘천부사가 되었다. 이듬해 한성부판윤 등을 거쳐 1697년 우참찬, 1700년 형조판서에 올랐다. 글씨에도 능하였다. 문집에『유재집(游齋集)』등이 있다.

이홍남(李洪男, 1515~?): 본관은 광주(廣州). 자는 사중(士重), 호는 급고자(汲古子). 1546년 문과에 급제했다. 이듬해 양재역(良才驛) 벽서사건(壁書事件)으로 사사(賜死)된 아버지에 연좌, 영월에 유배되었다가 1549년 평소에 사이가 나쁜 동생 홍윤(洪胤)이 조정을 비난하는 말을 하자 모반을 꾀한다고 무고, 동생을 처형당하게 했다. 같은 해 모반을 고발한 공으로 풀려나와 장단부사(長湍府使)가 되었고 1559년 앞서 장단부사로 있을 때 백성을 학대한 죄로 파직되었다. 1561년 공조참의에 기용되고 1569년 앞서 동생을 무고한 사실이 드러나 삭직되었다. 문집에『급고유고(汲古遺稿)』가 있다.

임방(任埅, 1640~1724): 조선 후기의 문신. 본관은 풍천(豊川). 자는 대중(大仲), 호는 수촌(水村)·우졸옹(愚拙翁). 1671년 재랑(齋郎)·장악원주부·호조정랑 등을 지냈다. 기사환국으로 송시열이 유배될 적에 사직하였다가 다시 단양군수·사옹원첨정 등을 역임하였다. 1701년 문과에 급제하여 장령·승지·공조판서 등을 역임하였으며, 연잉군(延礽君)의 세자 책봉에 앞장섰다. 그 뒤 신임사화로 함종에 유배되었다가 금천(金川)으로 옮겨져 그곳에서 죽었다. 영조 즉위 후 신원(伸寃)

되었다. 문집에『수촌집』등이 있다.

전우(田愚, 1841~1922): 본관은 담양(潭陽). 자는 자명(子明), 호는 간재(艮齋). 성리학(性理學)을 깊이 연구하고 임헌회(任憲晦) 문하에서 20년간 학문을 닦아 윤치중(尹致中)·서정순(徐廷淳)과 함께 그의 제자가 되었다. 1882년 유일(遺逸)로 천거되어 선공감감역이 되고 그 후 강원도 도사(都事)·장령·순흥(順興)부사·중추원참의 등에 보직되었으나 모두 사양하고 만년에는 전라도의 계화도(界火島)에서 후학을 가르쳤다. 문집에『간재집』이 있다.

정기안(鄭基安, 1695~1767): 본관은 온양(溫陽). 초명은 사안(思安). 자는 안세(安世), 호는 만모(晚慕). 1728년 문과에 급제하였다. 1752년 동지사 겸 사은사(冬至使兼謝恩使)의 서장관으로 청나라에 다녀온 뒤 보덕·승지를 거쳐 대사간이 되었다. 이어 1766년 한성부우윤·지중추부사를 지내고 기로소(耆老所)에 들어갔다. 문집에『만모유고』가 있다. 시호는 효헌(孝憲)이다.

정민교(鄭敏僑, 1697~1731): 조선 후기의 여항시인. 본관은 창녕(昌寧). 자는 계통(季通), 호는 한천(寒泉). 정래교(鄭來僑)의 아우로 형에게 글을 배우며 자란 뒤에 홍세태(洪世泰)의 문하에서 배웠다. 27세에 진사(進士)가 되었으며, 시가 짓는 능력이 뛰어나고 성격이 호탕하여 많은 사람과 사귀었다. 학질을 얻어 35세로 요절하였다. 그의 시는 감정이 진실되고 시어가 새롭다는 평을 들었다. 문집에『한천유고(寒泉遺稿)』가 있다.

너보다 예쁜 꽃은 없단다

정범조(丁範祖, 1723~1801): 본관은 나주(羅州). 자는 법세(法世), 호는 해좌(海左). 시호는 문헌(文憲). 1763년 문과에 급제하여 홍문관에 등용되고, 1768년 지평·정언을 지낸 뒤 사가독서(賜暇讀書)하였다. 시율과 문장에 뛰어나 사림의 모범으로 명성을 얻었고, 또 이로 인해 영조와 정조의 총애를 받았다. 특히, 문체반정(文體反正)에 주력하던 정조에 의해 당대 문학의 제1인자로 평가되어 70이 넘은 고령에도 불구, 오랫동안 문사의 임무를 맡았다. 문집에『해좌집(海左集)』이 있다.

정약용(丁若鏞, 1762~1836): 자는 미용(美鏞)·송보(頌甫), 호는 다산(茶山)·여유당(與猶堂). 경학(經學), 의학, 지리, 역사, 경세학, 문학 등에 무불통지 하였다. 특히 어릴 때부터 시재(詩才)에 뛰어나 사실적이며 애국적인 많은 작품을 남겼고, 한국의 역사·지리 등에도 특별한 관심을 보였다. 저서에『목민심서(牧民心書)』,『경세유표(經世遺表)』,『흠흠신서(欽欽新書)』등이 있다.

정제두(鄭齊斗, 1649~1736): 본관은 연일(延日)이며, 자는 사앙(士仰), 호는 하곡(霞谷). 시호는 문강(文康). 조선 최초로 지식과 행동의 통일을 주장하는 양명학(陽明學)의 사상적 체계를 세웠고 그의 학맥을 하곡학파(霞谷學派) 또는 강화학파(江華學派)로 부른다. 문집에『하곡문집(霞谷文集)』과 저서에『존언(存言)』등이 있다.

조관빈(趙觀彬, 1691~1757): 조선 후기의 문신. 본관은 양주(楊州). 자는 국보(國甫), 호는 회헌(悔軒). 아버지는 조태채(趙泰采)이다. 1723년 신임사화(辛壬士禍)에 화를 당한 아버지에 연좌하여 흥양현(興陽縣)에 귀양갔다. 1731년 대사헌에 재직 중 신임사화의 전말을 상소하여 소론(少論)의 영수(領袖) 이광좌(李光佐)를 탄핵했다가 대정현(大靜縣)에 유배되었다. 1746년 예조 판서에 전임, 1753년 대제학을 겸하다가 이해 죽책문(竹册文)의 제진(製進)을 거부하여 성주 목사(星州牧使)로 좌천, 이어 삼수부(三水府)에 안치(安置), 단천(端川)에 이배(移配)되었다가 풀려 나와 지중추부사(知中樞府事)가 되었다.

조긍섭(曺兢燮, 1873~1933): 조선 말기의 학자. 본관은 창녕(昌寧). 자는 중근(仲謹), 호는 심재(深齋). 시문에도 법도가 있어 당시 영남 사림에서 거목으로 지목되었다. 한말 지식인 가운데에 황현(黃玹)·김택영(金澤榮)·이건창(李建昌) 등과 교유했다. 그들을 뛰어난 인물로 칭찬했던 점으로 보아 유학자로서의 보수적 경향만을 고집하지 않는 학자였다. 문집에『암서집(巖棲集)』,『심재집(深齋集)』등이 있다.

조비(趙備, 1616~1659): 본관은 한양(漢陽). 자는 사구(士求), 호는 총계와(叢桂窩). 경사(經史)에 능통하고 풍채가 좋았으며 언변과 문장에도 뛰어났다. 사어(射御)·도화(圖畵) 등에도 정통하였고, 특히 사부(詞賦)와 변려문(駢儷文)으로 이름이 높았다. 뿐만 아니라 글씨도 잘써 전서(篆書)·주서(籒書)에 능하였다. 말년에는 시문을 더욱 즐겼으며 유집(遺集) 12권이 있다.

조영석(趙榮祏, 1686~1761): 조선 후기의 화가. 본관은 함안(咸安), 자는 종보(宗甫), 호는 관아재(觀我齋)·석계산인(石溪山人). 산수화와 인물화에 뛰어났으며 당대의 명화가 정선(鄭敾)·심사정(沈師正)과 함께 삼재(三齋)로 일컬어졌다. 또 시(詩)와 글씨에도 일가를 이루어 그림과 함께 삼절(三絶)로 불리었다. 《죽하기거도(竹下箕踞圖)》《봉창취

　　　　　　　　　　　너보다 예쁜 꽃은 없단다

우도(蓬窓驟雨圖)》(국립현대미술관) 등의 작품을 남겼다.

 조위한(趙緯韓, 1567~1649): 본관은 한양(漢陽). 자는 지세(持世), 호는 현곡(玄谷). 1592년 임진왜란이 일어났을 때는 김덕령(金德齡)을 따라 종군하였으며 1624년 이괄(李适)이 난을 일으키자 토벌에 참여, 서울을 지켰으며, 정묘·병자호란 때에도 출전, 난이 끝난 뒤에 군사를 거두고 돌아왔다. 그 뒤 벼슬길에서 물러나 있다가 다시 등용되었다. 벼슬이 공조참판에 이르렀다. 글과 글씨에 뛰어났으며 해학(諧謔)에도 능하였다.

 조정만(趙正萬, 1656~1739): 조선 후기의 문신. 본관은 임천(林川). 자는 정이(定而), 호는 오재(寤齋). 송준길(宋浚吉)·송시열(宋時烈)의 문인이다. 그는 효성이 지극하기로 이름이 있었고, 경(經)·사(史)·백가서(百家書)에 두루 통하였으며, 시와 서예에도 뛰어났다. 김창협(金昌協)·김창흡(金昌翕)·이희조(李喜朝) 등과 친교가 깊었다. 문집에 『오재집』이 있다.

 채지홍(蔡之洪, 1683~1741): 본관은 인천(仁川). 자는 군범(君範), 호는 봉암(鳳巖)·삼환재(三患齋)·봉계(鳳溪)·사장와(舍藏窩). 권상하(權尙夏)의 문인으로 강문팔학사(江門八學士) 중 한 사람이다. 성리학을 깊이 연구했으며, 경학·예학을 비롯하여 역사·천문·지리·상수(象數) 등에도 두루 통달하였다. 호락논쟁(湖洛論爭)에 있어서는 한원진과 함께 호론에 속하였다. 저서에 『봉암집(鳳巖集)』, 『성리관규(性理管窺)』, 『세심요결(洗心要訣)』, 『독서전보(讀書塡補)』, 『천문집(天文集)』 등이 있다.

하항(河沆, 1538~1590) : 조선 중기의 학자. 본관은 진주(晋州). 자는 호원(灝源), 호는 각재(覺齋). 『소학(小學)』, 『근사록(近思錄)』 등의 성리서(性理書)에 전념하여 소학군자(小學君子)라 불렸다. 사마시에 합격하였으나 벼슬에 나가지 않고, 수우당 최영경과 교유하며 학문 연구에 전념하였다. 문집에 『각재집(覺齋集)』이 있다.

홍세태(洪世泰, 1653~1725) : 조선 후기의 시인. 본관은 남양(南陽). 자는 도장(道長), 호는 창랑(滄浪)·유하(柳下). 평생 가난하게 살았으며, 8남 2녀의 자녀가 모두 앞서 죽어 불행한 생애를 보냈다. 이러한 궁핍과 불행은 그의 시풍에도 영향을 끼쳐 암울한 분위기의 시를 많이 남기고 있다. 또한, 위항문학의 발달에도 중요한 구실을 하였는데, 중인층의 문학을 옹호하는 천기론(天機論)을 전개하였으며, 위항인의 시를 모아 『해동유주(海東遺珠)』라는 위항시선집을 간행하였다. 문집에 『유하집』이 있다.

홍우원(洪宇遠, 1605~1687) : 조선 후기의 문신. 본관은 남양(南陽). 자는 군징(君徵), 호는 남파(南坡). 1680년 경신대출척 때 명천으로 유배되었다가 고령으로 인해 문천으로 이배되어 그곳에서 죽었다. 1689년 기사환국으로 남인이 재집권하자 신원되었다. 허목(許穆)·윤휴(尹鑴)·권대운(權大運)·이봉징(李鳳徵) 등과 함께 청남을 형성하여 서인과 철저한 대립관계에 있었고, 허적(許積)·민희 등 탁남과도 대립하였다. 문집에 『남파집』이 있다. 안성의 남파서원에 제향되었다.

너보다 예쁜 꽃은 없단다